ComoSerPopular

OBRAS DA AUTORA PUBLICADAS PELA RECORD

Avalon High
Avalon High — A coroação: A profecia de Merlin
Avalon High — A coroação: A Volta
Cabeça de vento
Sendo Nikki
Como ser popular
Ela foi até o fim
A garota americana
Quase pronta
O garoto da casa ao lado
Garoto encontra garota
Todo garoto tem
Ídolo teen
Pegando fogo!
A rainha da fofoca
A rainha da fofoca em Nova York
A rainha da fofoca: fisgada
Sorte ou azar?
Tamanho 42 não é gorda
Tamanho 44 também não é gorda
Tamanho não importa
Liberte meu coração
Insaciável
Mordida

Série O Diário da Princesa
O diário da princesa
Princesa sob os refletores
Princesa apaixonada
Princesa à espera
Princesa de rosa-shocking
Princesa em treinamento
Princesa na balada
Princesa no limite
Princesa Mia
Princesa para sempre

Lições de princesa
O presente da princesa

Série A Mediadora
A terra das sombras
O arcano nove
Reunião
A hora mais sombria
Assombrado
Crepúsculo

Série As leis de Allie Finkle para meninas
Dia da mudança
A garota nova
Melhores amigas para sempre?
Medo de palco

Série Desaparecidos
Quando cai o raio
Codinome Cassandra
Esconderijo perfeito
Santuário

Série Abandono
Abandono
Inferno

Meg Cabot

ComoSerPopular

Tradução de
NATALIE GERHARDT

4ª edição

Rio de Janeiro | 2014

CIP-Brasil. Catalogação-na-fonte
Sindicato Nacional dos Editores de Livros, RJ.

C116c   Cabot, Meg, 1967-
            Como ser popular / Meg Cabot; tradução de Natalie Gerhardt.
4ª ed.   – 4ª ed. – Rio de Janeiro: Galera Record, 2014.

            Tradução de: How to be popular
            ISBN 978-85-01-07953-4

            1. Adolescentes (Meninas) – Ficção juvenil. 2. Romance juvenil
        americano. I. Gerhardt, Natalie. II. Título.

                                         CDD – 813
08-0405   CDU – 821.111(73)-3

Título original norte-americano:
HOW TO BE POPULAR

Copyright © 2006 by Meg Cabot, LLC

Todos os direitos reservados. Proibida a reprodução,
no todo ou em parte, através de quaisquer meios.

Texto revisado segundo o novo Acordo Ortográfico da Língua Portuguesa.

Direitos exclusivos de publicação em língua portuguesa somente para o
Brasil adquiridos pela
EDITORA RECORD LTDA.
Rua Argentina 171 – Rio de Janeiro, RJ – 20921-380 – Tel.: 2585-2000
que se reserva a propriedade literária desta tradução

Impresso no Brasil

ISBN 978-85-01-07953-4

Seja um leitor preferencial Record.
Cadastre-se e receba informações sobre nossos
lançamentos e nossas promoções.

EDITORA AFILIADA

Atendimento e venda direta ao leitor:
mdireto@record.com.br ou (21) 2585-2002

*À memória de meu avô
Bruce C. Mounsey*

Agradecimentos

Muito obrigada a Beth Ader, Jennifer Brown, Barb Cabot, Michele Jaffe, Laura Langlie, Abigail McAden e especialmente a Benjamin Egnatz

POPULAR: *adj.*, pessoa de quem os outros gostam ou a quem apreciam; admirada por conhecidos; sempre convidada como companhia.

Popularidade.
Todos querem isso. Por quê? Porque ser popular significa ser querido por todos. E todo mundo quer ser querido.

Infelizmente, nem todos conseguem.

O que as pessoas populares têm em comum que as tornam tão populares?

Características comuns:
 * São amigáveis.
 * Possuem uma ânsia de ajudar a cumprir tarefas.
 * Têm interesse por tudo que está acontecendo no trabalho ou no colégio.
 * Parecem saudáveis e elegantes.

Mas esses não são traços com os quais as pessoas populares já nasceram. Elas cultivaram essas características para se tornarem tão populares...

... e você também pode fazer isso. Basta seguir as dicas deste livro!

Um

FALTAM DOIS DIAS E CONTANDO
SÁBADO, 26 DE AGOSTO, 19H

Eu deveria saber, pelo modo como a mulher olhava para o meu nome no crachá, que ela logo iria perguntar algo.

— Steph Landry — disse ela enquanto pegava a carteira. — De onde conheço esse nome?

— Sei lá, senhora — respondi.

Exceto pelo fato de que, embora eu nunca tivesse visto essa mulher na minha vida, eu sabia como ela já ouvira o meu nome.

— Já sei — disse a mulher, estalando os dedos e depois apontando para mim. — Você está no time de futebol feminino da Bloomville High School!

— Não, senhora — respondi. — Não sou do time.

— E você não era uma das concorrentes para rainha do festival do estado de Indiana, era?

Mas dava para perceber, mesmo enquanto as palavras saíam de sua boca, que ela já sabia que estava errada. Eu não tenho os cabelos da rainha do festival de Indiana — isto é, meu cabelo é curto, e não comprido; castanho, e não louro; cacheado, e não liso. Além disso, não tenho o corpo de uma rainha do festival do estado de Indiana — ou seja, sou meio baixinha e, se não me exercitar regularmente, meu traseiro meio que... fica enorme.

É claro que eu faço tudo o que posso com o que Deus me deu, mas não tenho como entrar para o *America's Next Top Model*, menos ainda para a corte de qualquer rainha do festival.

— Não, senhora — neguei.

A verdade era que eu não queria falar sobre isso com ela. Quem iria querer?

Mas ela não desistiu.

— Meu Deus. Sei que conheço o seu nome de algum lugar — afirmou a mulher ao me entregar o cartão de crédito para pagar suas compras. — Tem certeza de que não li nos jornais?

— Certeza absoluta.

Cara, era só o que faltava. A história toda ter saído no jornal.

Felizmente, porém, meu nome só apareceu no jornal no anúncio do meu nascimento. Por que eu apareceria de novo? Não tenho nenhum talento em particular, musical nem outro qualquer.

E embora eu faça a maioria das aulas avançadas, isso não tem nada a ver com o fato de eu ser uma aluna maravilhosa ou algo assim. É só porque se você é criada em Greene County e sabe que Alegria de Limão é um produto para lava-louças e não um chá gelado, você acaba sendo matriculada em aulas avançadas.

Na verdade, é surpreendente o número de pessoas em Greene County que comete esse erro. Quer dizer, com o Alegria de Limão. De acordo com o pai do meu amigo Jason que é médico no Bloomville Hospital.

— Deve ser porque meus pais são donos desta loja — expliquei para a mulher enquanto passava seu cartão.

O que sei que não parece muito. Mas a Courthouse Square Books *é* a única livraria independente em Bloomville. Se você não contar com a Doc Sawyer Livros para Adultos e Educação Sexual, do outro lado do viaduto. E eu não conto.

— Não — disse a mulher, balançando a cabeça. — Também não é isso.

Eu podia entender a frustração dela. O pior de tudo — se você parar para pensar (o que eu tento não fazer, exceto quando coisas assim acontecem) — é que Lauren e eu, até quase o final da quinta série, éramos amigas. Talvez não melhores amigas. É difícil ser a melhor amiga da garota mais popular da escola, já que ela tem uma agenda tão ocupada.

Mas certamente uma amiga próxima o bastante para ela ir à minha casa (tudo bem, foi só uma vez. E ela não se divertiu muito. Culpo meu pai por isso, que estava assando uma fornada de granola feita em casa no dia. O cheiro de farinha de aveia queimada FOI meio opressor) e eu fui à casa dela (só uma vez... A mãe dela tinha saído para fazer as unhas, mas o pai estava em casa e tinha batido na porta do quarto dela para dizer que o barulho de explosões que eu estava fazendo durante o nosso jogo Barbie na Força Especial da Marinha era alto demais. E também que ele nunca tinha ouvido falar de uma Barbie na Força Especial da Marinha e queria saber qual era o problema de brincar com a Barbie Enfermeira, que era bem mais silenciosa).

— Bem — disse eu para a cliente. — Talvez eu só tenha... sabe? Um desses nomes que parecem familiares.

Sim. Pode perguntar por quê. Foi Lauren quem inventou a expressão "Não dê uma de Steph Landry". Só para se vingar.

E isso pegou rapidinho. Agora quando qualquer pessoa no colégio pagava um mico ou chegava perto disso, todo mundo dizia "Não dê uma de Steph" ou "Isso é tão Steph", ou ainda "Não seja uma Steph".

E eu sou a Steph de quem eles estão falando.

Legal.

— Talvez seja isso — disse a mulher ainda em dúvida. — Meu Deus, vou ficar com isso na cabeça a noite toda. Sei que vou.

A compra dela foi aprovada. Destaquei o recibo para ela assinar e comecei a empacotar as compras. Talvez eu pudesse dizer que o motivo por que ela conhecia o meu nome era meu avô. Por que não? Atualmente ele é um dos homens mais comentados — e mais ricos — no sul de Indiana, desde que vendeu algumas terras que possuía ao longo da rota proposta para a I-69 ("conectando o México ao Canadá por meio de um 'corredor'" cortando Indiana, entre outros estados) para a construção de um Super Sav-Mart, que abriu no fim de semana passado.

Isso significa que ele apareceu muito no jornal local, principalmente depois de gastar uma parte do dinheiro para construir um observatório que planeja doar para a cidade.

Porque toda cidade pequena em Indiana precisa de um observatório.

Ou não.

Isso também significa que minha mãe não está falando com ele, porque é provável que o Super Sav-Mart, com seus preços reduzidos, acabe com todas as lojas da área, incluindo a Courthouse Square Books.

Mas eu sabia que ela não aceitaria isso, pois o sobrenome do vovô nem é o mesmo que o meu. Ele foi amaldiçoado desde o nascimento com o nome Emile Kazoulis... Embora tenha se dado muito bem na vida, apesar desse obstáculo.

Eu teria de enfrentar isso, assim como a Fanta Uva que manchou a saia de sarja branca Dolce & Gabbana de Lauren — e, olha, papai tentou muito tirar a mancha. Usou água sanitária e tudo, mas quando nem isso funcionou, ele comprou uma saia novinha para ela — mas o meu nome ficaria marcado para sempre na memória das pessoas.

E não de um modo bom.

— Bem — suspirou a senhora, pegando a sacola e o recibo. — Acho que é uma daquelas coisas que não conseguimos explicar.

— Acho que sim — respondi, aliviada por ela estar saindo.

Mas meu alívio durou pouco. Porque um segundo depois o sino da porta da frente da loja tocou e a própria Lauren Moffat — usando a mesma calça capri de cintura baixa que eu tinha experimentado no shopping outro dia, mas que não pude comprar porque o preço equivalia a 25 horas de trabalho no caixa da Courthouse Square Books — entrou na loja, segurando um sorvete da Penguin e reclamando:

— Mãe. Será que dá para andar rápido? Eu já estou esperando há um tempão.

E eu me dei conta, com muito atraso, com quem eu estava falando.

Que se dane. Ninguém pode esperar que eu leia o nome em *todos* os cartões de crédito que eu passo. Além disso, há centenas de Moffats aqui em Bloomville.

— Oh, Lauren — começou a Sra. Moffat —, você sabe onde eu já ouvi o nome Steph Landry?

— Uhm, talvez seja porque ela é a garota que derramou Fanta Uva na minha saia branca da D&G na frente de todo mundo na cantina naquele dia na sexta série? — disse Lauren.

E ela nunca me perdoou e nunca deixou ninguém se esquecer disso.

A Sra. Moffat lançou-me um olhar horrorizado por sobre o ombro do *twin set* da Quacker Factory que ela usava.

— Oh! — disse ela. — Nossa. Lauren, eu...

E foi nesse momento que Lauren percebeu a minha presença atrás da caixa registradora.

— Meu Deus, mãe — ela riu, enquanto abria a porta para voltar para o calor da noite. — Não dê uma de Steph Landry.

Vamos começar determinando o seu nível de popularidade ou a falta dela:

Pergunte a si mesma como as outras pessoas de sua esfera social a veem.

Elas sabem quem você é? Caso positivo, como elas a tratam?

Elas fazem comentários maldosos a seu respeito — pelas costas ou na sua frente?

Elas a ignoram?

As pessoas incluem você nos passeios e outras atividades, convidando-a para eventos sociais ou festas?

Com base no comportamento dos outros à sua volta, você deve ser capaz de dizer se gostam de você, se apenas a toleram — ou se é totalmente impopular.

Se você é apenas tolerada ou totalmente impopular, é hora de fazer algo para mudar isso.

 *Dois*

AINDA FALTAM DOIS DIAS E CONTANDO
SÁBADO, 26 DE AGOSTO, 20H25

Eis como Jason passou a me cumprimentar "Ei, Lelé".

E sim, *é* irritante.

Pena que ele não liga quando eu digo isso a ele.

— Lelé, qual é o plano criminoso da noite? — perguntou Jason quando ele e Becca entraram na loja uma hora depois que Lauren e a Sra. Moffat saíram.

Bem, tecnicamente, apenas Becca entrou, porque Jason correu para dentro da loja, sentou no balcão e pegou uma trufa Lindt na vitrine de doces.

Como se ele não soubesse que isso me deixaria louca da vida ou algo assim.

— Se comer isso, vai ter de pagar 69 centavos — informei.

Ele pegou uma nota de um dólar no bolso da frente da calça jeans e colocou no balcão.

— Pode ficar com o troco.

Depois ele pegou outra trufa na vitrine e jogou para Becca, que ficou totalmente surpresa ao ver um chocolate voando em sua direção e nem pensou em pegá-lo. Então, a trufa bateu no seu ombro e rolou para baixo de uma estante de livros.

Então, Becca ficou engatinhando sobre o tapete estampado de letras, tentando achar o chocolate perdido.

— Ei, tem um monte de tufos de poeira aqui embaixo. Vocês nunca passam o aspirador de pó ou o quê?

— Agora você me deve 38 centavos — informei.

— Pago assim que puder. — Ele *sempre* dizia isso. — Quando você vai poder se mandar?

Ele também sempre perguntava isso, mas sabia muito bem a resposta.

— Nós fechamos às 21h. Você sabe que fechamos às 21h. Sempre fechamos às 21h, desde a inauguração que, devo acrescentar, foi bem antes de nascermos.

— Como você quiser, Lelé.

Depois, ele pegou outro Lindt.

É realmente impressionante como ele pode comer tanto sem engordar. Se eu comer dois bombons por dia, no final do mês as minhas calças não abotoam mais. Jason pode comer tipo vinte por dia e ainda vai conseguir abotoar o jeans Levi's (sem *stretch*) sem dificuldades.

Acho que é uma coisa de garoto. Também deve ter a ver com crescimento. Jason e eu tínhamos quase a mesma altura e peso durante todo o ensino fundamental e a primeira parte do ensino médio. E embora ele sempre me vencesse nos abdominais e em qualquer esporte que envolvesse uma bola, eu sempre o colocava no chinelo na luta de perna e no jogo Combate.

Então, no verão passado, ele foi para a Europa com a avó para ver todos os lugares citados no livro favorito dela, *O código Da Vinci*, e quando voltou, ele havia crescido alguns centímetros. Também estava mais gato.

Não gato como Mark Finley, é claro, porque Mark Finley é o cara mais gato da Bloomville High. Mas Jason estava gatinho. Isso é uma coisa meio estranha de se notar no seu melhor amigo.

Principalmente quando ele está tentando ganhar peso para compensar a altura. (Eu sei. Ele tem de *ganhar* peso.)

E agora só consigo ganhar dele na luta de perna, pois ele já descobriu como acabar comigo no Combate.

E acho que só consigo vencê-lo na luta de perna porque ficar deitado no chão ao lado de uma garota o deixa meio sem graça.

Tenho de admitir que, desde que ele voltou da Europa, deitar no chão ao lado dele — ou na grama da colina, onde costumamos ir para olhar as estrelas — também tem me deixado um pouco sem graça.

Mas não o suficiente para me impedir de vencê-lo. É importante não permitir que os hormônios interfiram em uma amizade perfeita. Ajuda muito manter a mente concentrada na tarefa que se está executando.

— Pare de me chamar de Lelé — pedi.

— Mas se a palavra serve — disse Jason.

— Carapuça — corrigi. — A expressão correta é "se a *carapuça* serve"...

O que fez Becca, depois de encontrar o bombom perdido, se aproximar.

— Eu adoro esse apelido — afirmou ela de forma melancólica, enquanto tirava tufos de poeira dos cabelos loiros cacheados.

— Fala sério — resmunguei. — Então esse pode ser o seu apelido de agora em diante.

Mas é claro que Jason tinha de ser contra.

— Não dá. Tipo, não são todos que conseguem ter uma mente criminosa como a nossa Lelé aqui.

— Se você quebrar o vidro da vitrine do balcão — avisei a Jason, porque ele estava sentado no balcão, balançando os pés na frente da vitrine abaixo dele. — Vou obrigá-lo a levar todas essas bonecas para casa com você.

Disse isso porque na vitrine havia umas trinta bonecas de Madame Alexander, quase todas inspiradas em algum personagem de livro, como Marmee e Jo de *Mulherzinhas* e Heidi de *Heidi*.

Será que posso acrescentar que foi ideia minha colocar essas bonecas na vitrine, depois que percebi que estávamos perdendo uma boneca por semana para colecionadores de boneca, que são notoriamente mãos leves quando se trata de peças de Madame Alexander, e que costumam carregar sacolas de compras muito grandes — geralmente com um gato dentro delas — quando visitam lojas como a nossa com o único objetivo de aumentar suas coleções sem ter de pagar pela boneca?

Jason diz que essas bonecas o assustam. Diz que às vezes tem pesadelos em que elas o perseguem com seus dedos de plástico e olhos azuis que não piscam.

Jason parou de balançar os pés.

— Meu Deus! Eu não tinha percebido que já era tão tarde! — exclamou minha mãe, saindo do escritório dos fundos da loja e a sua barriga, como sempre, abrindo caminho.

Acredito mesmo que os meus pais vão entrar para o Livro dos Recordes no quesito produção de filhos. Minha mãe vai dar a luz à sexta criança em dezesseis anos. Quando este bebê nascer, a nossa família será a maior da cidade, sem contar os Grubb, que tiveram oito filhos, mas o trailer deles não fica exatamente dentro dos limites de Bloomville, pois está na divisa com Greene. Embora eu ache que alguns dos Grubb mais novos tenham sido levados depois que o Serviço Social descobriu que o pai deles estava preparando "limonada" para eles usando garrafas de Alegria de Limão.

— Olá, Sra. Landry — cumprimentaram Jason e Becca.

— Oh! Olá, Jason. Olá, Becca.

Minha mãe deu um sorriso brilhante para eles. Ela tem feito muito isso ultimamente. Brilhar. Exceto quando vovô está por perto, é claro. Aí ela fecha a cara.

— E o que vocês estão planejando fazer na última noite de sábado antes do início das aulas? Vão dar uma festa?

Esse é o tipo de mundo da fantasia em que mamãe vive. O tipo de mundo em que meus amigos e eu somos convidados para festas divertidas para comemorar a volta às aulas. É como se ela nunca tivesse ouvido falar no incidente com a Fanta Uva. Quer dizer, ela estava LÁ quando aconteceu. Pra começar, foi culpa dela eu estar com um copo de Fanta Uva na mão em primeiro lugar. Ela estava com pena de mim porque o dentista havia apertado o meu aparelho, então ela me surpreendeu com uma Fanta Uva para beber no carro enquanto voltávamos para a Bloomville Junior High. Que tipo de mãe deixa uma filha da sexta série levar Fanta Uva para o *colégio*?

E isso só serve para provar mais uma vez que os meus pais não fazem ideia do que estão fazendo. Sei que muita gente se sente assim em relação aos pais, mas, no meu caso, é a mais pura verdade. Percebi isso quando mamãe nos levou em uma viagem para uma feira do livro em Nova York, e meus pais passaram o fim de semana inteiro totalmente perdidos ou atravessando na frente de carros, esperando que eles parassem só porque as pessoas em Bloomville param quando alguém atravessa na frente deles.

Esse não é o caso em Nova York.

Acho que não teria problema se fôssemos só meus pais e eu. Mas meu irmão de 5 anos, Pete, estava com a gente, além da minha irmã Catie, que estava no carrinho, e o meu irmão mais novo Robbie, que ainda era um bebê e estava em um canguru (Sara ainda não tinha nascido). Então não se tratava apenas dos meus pais e eu, havia criancinhas envolvidas!

Depois da quinta vez que eles tentaram passar na frente de um ônibus urbano em movimento, percebi que meus pais são loucos e que não se deve confiar neles em hipótese alguma.

E eu só tinha *7 anos*.

À medida que fui ficando mais velha, essa percepção só se fortaleceu, pois meus pais começaram a dizer coisas do tipo "Olhe, nunca fomos pais de uma adolescente antes. Não sabemos se estamos fazendo o certo, mas estamos fazendo o melhor que podemos." Ninguém nunca quer ouvir esse tipo de coisa dos pais. Você quer sentir que os pais têm absoluto controle de todas as situações e que eles sabem o que estão fazendo.

Fala sério. Com meus pais não é bem assim.

O pior foi o verão entre a sexta e a sétima série, quando eles me obrigaram a ir ao acampamento das bandeirantes. Tudo o que eu queria era ficar em casa e trabalhar na loja. Eu não sou muito ligada em natureza e tudo, além disso, sou basicamente um ímã humano de mosquitos.

Então, só para piorar, descobri que Lauren Moffat e eu dividiríamos a mesma cabana. Quando eu, de forma muito madura e calma, informei à orientadora que não ia dar porque Lauren me odiava, graças ao incidente com a Fanta Uva, a mulher disse muito animadamente "Oh, veremos como resolver isso" e minha mãe chegou ao ponto de se DESCULPAR por mim, afirmando que eu tinha dificuldades para fazer amigos. "Vamos dar um jeito nisso", prometeu a tutora, sentindo-se muito confiante. E eu fui obrigada a ficar na mesma cabana com Lauren.

Por dois dias eu não tinha comido nada — sentindo-me muito enjoada para isso — ou ido ao banheiro —, já que todas as vezes que eu tentava, Lauren, ou alguma amiga da "panelinha", aparecia do lado de fora do banheiro externo e soltava: "Ei, não dê uma de Steph aqui".

Foi só depois disso que a orientadora me colocou em uma cabana com outros rejeitados como eu e acabei me divertindo um pouco.

É claro que, se considerarmos o que acabei de contar — e olha que eu nem mencionei o fato de que mamãe não sabe quase nada sobre contabilidade e, ainda assim, possui uma loja, e que o meu pai acredita piamente que existe um mercado enorme em algum lugar para a série de livros que ele está escrevendo sobre um técnico de basquete de um colégio em Indiana que resolve crimes —, meus pais não merecem confiança.

Também nunca devo contar a eles nada que envolva a minha vida pessoal, exceto o estritamente necessário.

— Nada de festas, Sra. Landry.

Foi o modo como Jason respondeu à pergunta de mamãe sobre os planos da noite. Eu ensinei a ele como lidar com os meus pais, porque a avó de Jason vai se casar com o pai de mamãe, o que o tornará primo emprestado de mamãe. Eu acho.

— Só vamos ficar dirigindo pela Rua Principal — completou Jason.

Ele falou isso como se não fosse nada de mais. *Só vamos ficar dirigindo pela Rua Principal.* Mas isso estava longe de não ser nada de mais. Porque Jason foi o primeiro de nós a ter o próprio carro — ele economizou o verão todo para comprar uma BMW 2002tii ano 1974 da empregada da avó — e esta é a primeira noite de sábado que o carro está com ele.

E essa também será a primeira noite de sábado na nossa história juntos que Jason, Becca e eu não vamos subir a colina, deitar na grama e ficar olhando para as estrelas, ou ficar sentados no muro do lado de fora da Penguin, que é o lugar onde todos na cidade — que não têm acesso a um carro — vão nas noites de sábado, observando os riquinhos (os que ganham carros quando completam 16 anos, em comparação com os iBooks que o restante de nós recebe) passarem para cima e para baixo da Rua Principal, que recebeu esse nome inteligente porque atravessa o centro da cidade de Bloomville.

A Rua Principal começa no Bloomville Creek Park — onde o observatório do vovô está quase pronto — e segue em linha reta por todas as grandes lojas de cadeia, que conseguiram acabar com as lojas locais de roupas (o que mamãe acha que acontecerá com a gente devido aos descontos que o departamento de livros da Super Sav-Mart dá aos clientes), até o tribunal. O tribunal — um enorme prédio de pedra calcária com uma cúpula branca, que possui um pináculo no meio com um cata-vento em forma de peixe na ponta, embora ninguém saiba por que escolheram um peixe, já que vivemos no interior — é onde todo mundo manobra e volta para o Bloomville Creek Park para mais uma volta.

Mamãe suspirou, parecendo desapontada. Bem, por que ela não ficaria? Quais são os pais que gostam de ouvir que a filha vai passar o último sábado das férias de verão dirigindo pela Rua Principal? *Ela* não sabe como isso é melhor do que ficar sentado olhando os outros fazerem isso.

Tudo bem que a ideia de diversão de mamãe é colocar os filhos na cama e assistir *Law and Order* com uma grande tigela de cereal. Então, é claro que não devemos levar a opinião dela em conta.

— Ainda falta muito, hein... Lelé? — perguntou Jason.

Eu já estava abrindo a gaveta da caixa registradora para começar a contar os recibos do dia. Eu sabia que se a soma não fosse igual ou maior do que as vendas deste dia no ano passado, minha mãe teria um ataque.

— Gostaria que alguém colocasse em *mim* um apelido de uma mente criminosa — reclamou Becca, de forma não muito sutil, seguida por um suspiro.

— Sinto muito, Bex — desculpou-se Jason. — Mas você não tem as características faciais necessárias, como um queixo grande ou uma testa enorme para merecer um apelido de um criminoso, como Mandíbula de Aço, ou Testão. Enquanto a Lelé aqui... Bem, basta olhar para ela.

Sessenta e sete, 68, 69, 70 recibos.

— Pelo menos posso fazer escova para o meu cabelo ficar liso — afirmei. — Pena que você não possa fazer o mesmo pelo seu nariz de urubu.

— Stephanie! — exclamou mamãe, passada por eu ter debochado do nariz um pouco avantajado de Jason.

— Tudo bem, Sra. Landry — apaziguou Jason com um suspiro debochado. — Sei que sou horrível. Por favor, desviem os olhares.

Revirei os olhos porque Jason estava longe de ser horrível — como sei muito bem — e tirei a gaveta da caixa registradora e fui até os fundos da loja para trancá-la no escritório da mamãe. Não contei a ela que ficamos 100 dólares abaixo do total do ano passado e, felizmente, ela estava aborrecida demais por eu ter sido tão má com Jason para perguntar. Como se ela nunca tivesse ouvido ele me chamar de Lelé nove milhões de vezes. Mas ela acha "bonitinho".

Mamãe não conhece Mark Finley, então é claro que ela não sabe o que é "bonitinho".

No caminho para os fundos da loja, notei que o Sr. Huff, um dos nossos clientes regulares, estava absorto no novo livro sobre Mustangs. Os três filhos, que ficavam com ele nos fins de semana, estavam ocupados destruindo o conjunto de trenzinho que deixávamos para as crianças brincarem enquanto os pais faziam compras.

— Oi, gente! — disse eu para os pequenos Huffs, que estavam batendo com o trem contra um personagem de ação. — Temos de fechar. Sinto muito.

As crianças resmungaram. Estava bastante óbvio que o pai não tinha brinquedos tão legais em casa quanto os da loja.

O Sr. Huff me olhou, parecendo surpreso.

— Está na hora de fechar? — perguntou ele, olhando no relógio. — Caramba! Já é tão tarde!

— Papai, não dê uma de Steph Landry! — disse Kevin Huff, de apenas 8 anos de idade, rindo.

Eu só fiquei ali em pé, olhando para Kevin, enquanto ele sorria para mim. Obviamente ele não fazia ideia do que tinha acabado de falar e nem para quem tinha falado.

Mas agora estava tudo bem. Porque eu tinha O Livro.

E O Livro ia me salvar.

*Se você não é popular,
é importante examinar as
possíveis razões disso.*

É claro que pode haver muitas razões.
* Você tem odores corporais?
* Você tem espinhas?
* Você é magra ou gorda demais?
* Você é a palhaça da turma (faz piadas inadequadas)?

Provavelmente não, já que todos os itens listados acima são facilmente remediados com o uso de produtos de higiene e beleza, dieta e exercício, e autocontrole.

Se você respondeu não para as perguntas acima, então o seu caso de impopularidade é mais sério.

A sua impopularidade pode ter sido causada por você mesma.

Suponha que uma vez você tenha feito algo horrível que a tornou impopular. O que você pode fazer quanto a isso? Será que consegue apagar o passado?

# Três

AINDA FALTAM DOIS DIAS E CONTANDO
SÁBADO, 26 DE AGOSTO, 22H30

Não sei por que não contei para Jason e Becca. Quero dizer, sobre O Livro. Não tenho vergonha dele nem nada — pelo menos não muita.

 E não é como se eu o tivesse roubado ou algo assim. Eu perguntei à avó de Jason com todas as letras se eu podia ficar com ele assim que o encontrei em uma caixa velha no sótão dos Hollenbach, que estávamos limpando para que Jason pudesse transformá-lo na sua "casa da piscina" de Ryan Atwood, em *The O. C.*, o que, considerando que ele é filho único, não faz o menor sentido. A não ser se você levar em conta o fato de que é mais fácil transformar o sótão no seu novo quarto do que tirar o papel de parede de carrinhos de corrida da parede do quarto antigo.

 E tudo bem, eu não peguei O Livro e mostrei para Kitty (Sra. Hollenbach, a avó de Jason, que nos pediu para chamá-la pelo primeiro nome para não se confundir com a outra Sra. Hollenbach, sua nora Judy, mãe de Jason) se eu podia especificamente ficar com ELE. Eu perguntei se eu podia ficar com a CAIXA, que continha O Livro, assim como roupas velhas e alguns exemplares de romances de banca de jornal dos anos 1980 — o que me fez olhar para Kitty de uma outra maneira, considerando que a heroína de um deles gostava de transar no "estilo turco", que no livro NÃO significa transar "usando um tarbuche".

Mas Kitty só olhou para a caixa e disse:

— É claro, querida. Mas não sei por que você pode querer essas coisas velhas.

Se ela soubesse...

De qualquer modo, não contei a eles. E acho que não vou contar. Quer saber por quê?

Para dizer a verdade, eles vão rir.

E acho que eu não poderia lidar com isso. Graças a Lauren Moffat, enfrentei cinco anos de pessoas rindo de mim — e não comigo. Acho que não posso mais suportar.

De qualquer modo, dirigir para cima e para baixo na Rua Principal acabou não sendo tão divertido quanto *olhar* as pessoas fazendo isso.

E zoar com a cara delas por fazerem isso.

Não acredito que passei o verão inteiro desejando estar *dentro* de um carro em vez de *fora* de um, olhando o movimento na Rua Principal. No final das contas, é muito melhor ficar sentada no muro. Do muro, você pode ver Darlene Staggs abrir a porta do passageiro da picape do namorado e vomitar toda a limonada do Mike's Hard que tomou enquanto se bronzeava na beira do lago naquela tarde.

Do muro, você pode ver Mark Finley ajustar o espelho retrovisor para ver a própria imagem e arrumar o cabelo.

E não dá para fazer nada disso no banco de trás do carro novo de Jason.

E eu tive de ficar no banco de trás porque Becca fica enjoada quando fica no banco de trás. Então, ela ficou na frente com Jason. O que significa que não deu para ver muita coisa, a não ser a cabeça deles. Então, Jason disse:

— Opa, viu isso? Alyssa Krueger acabou de levar um tombo no meio da rua enquanto tentava correr com sandália plataforma ao sair da van de Shane Mullen para o jipe de Craig Wright.

Eu perdi tudo.

— Ela rasgou a calça? — perguntei, ansiosa.

Mas nem Jason, nem Becca puderam confirmar se a calça havia rasgado.

Se estivéssemos sentados no muro, teríamos visto tudo.

Além disso, embora eu entenda que Jason esteja animado com o carro novo e tudo, acho que ele está exagerando um pouco na coisa toda. Agora, quando ele vê outra BMW, ele faz um negócio que chama de Cortesia BMW, o que significa que ele deixa a outra BMW passar na frente dele — principalmente se for uma BMW Série 7, o rei de todas as BMW, ou a conversível 645Ci. O que eu acho particularmente notável, pois Lauren Moffat dirige uma dessas — o pai dela é dono da concessionária BMW local.

— Cortesia BMW, Lelé — disse Jason. — O que posso dizer? Ela dirige um modelo superior. Eu *tenho* de deixá-la passar. É uma obrigação moral.

Às vezes, acho que Jason é o maior esquisitão de todo Greene County. Mais até do que eu. Ou Becca. E isso quer dizer muita coisa, considerando que Becca passou a maior parte da vida em uma fazenda, sem ter praticamente nenhum contato com pessoas da idade dela, exceto no colégio, onde ninguém, a não ser eu, falava com ela só porque ela usava macacões e dormia em todas as aulas de Estudos Sociais quando estávamos na quinta série. "Deixem-na em paz, é óbvio que ela precisa tirar uma soneca."

Eu costumava pensar que Becca tinha uma vida muito ruim em casa, até que descobri que ela acordava todo dia às 4h da manhã para pegar o ônibus para ir ao colégio, porque morava muito longe da cidade.

Foi uma negociação cuidadosa fazer com que ela largasse os macacões da OshKosh B'Goshes. O lance de dormir durante as aulas não foi resolvido até o ano passado, quando o governo comprou a fazenda dos pais dela para construir a I-69, e os Taylor compraram a antiga casa dos Snyder no final da nossa rua com o dinheiro.

Agora que Becca pode dormir até as 7h, ela fica bem acordada durante as aulas. Mesmo nas aulas de Programa de Saúde, em que não é necessário ficar acordado.

E essas duas figuras são os meus melhores amigos. Tipo, não que eu não me sinta sortuda de tê-los em minha vida (tudo bem, talvez não Jason, devido ao modo como tem agido nos últimos tempos). Porque sempre rimos muito quando estamos juntos. Como os fins de tarde deitados na grama da colina, olhando o céu se tingir de rosa, depois ficar roxo para, por fim, chegar ao tom de azul-escuro, quando as estrelas começam a aparecer, uma por uma, enquanto conversamos sobre o que faríamos se um meteoro gigante viesse em nossa direção a milhares de quilômetros por hora (Becca: pediria perdão a Deus pelos seus pecados. Jason: daria adeus à vida. Eu: tentaria sair do caminho).

Ainda assim. Becca e Jason não são o tipo de pessoa que você chamaria de normal.

Por exemplo, sabe o que estávamos ouvindo enquanto estávamos no carro de Jason? Uma compilação do que Jason considera as melhores músicas dos anos 1970. Como o carro dele é dessa época, ele achou que seria adequado ouvirmos os hits daquela década. Hoje à noite ouvimos as músicas do ano favorito dele, 1977: *God Save the Queen*, do Sex Pistols, e a trilha sonora do filme *Guerra nas estrelas: Uma nova esperança*, com direito à música do bar em Tatooine.

Fala sério. Não há nada como dirigir para cima e para baixo da Rua Principal ao som de uma banda alien do espaço.

Foi quando estávamos parados no sinal em frente à loja de material de arte que eu vi Mark Finley parar o seu 4x4 na esquina da Rua Principal com a Elm e buzinar.

E meu coração deu um salto no peito, como sempre acontecia quando eu via Mark Finley.

Lauren, que estava no seu conversível na frente do nosso carro, ficou toda animada, buzinou e acenou. Não para nós, mas para Mark.

Foi difícil ver o que Mark fez depois, porque Jason estava fazendo gestos obscenos para ele por baixo do painel para que Mark não visse, porque ninguém vai querer ser visto fazendo gestos obscenos para o zagueiro do time de futebol do colégio. Pelo menos não quem deseja viver até o final do ensino médio.

— Olhe, Steph — disse Jason. — É o seu namorado.

Isso fez Becca começar a rir. Mas ela estava tentando esconder isso, para não me magoar. Então o que saiu foi o som de um ronco pelo nariz.

— Ele já viu o seu novo penteado maluco? — provocou Jason. — Aposto que, quando vir, vai esquecer totalmente a pequena Miss Moffat e cair direto nos seus braços.

Eu não disse nada. Porque a verdade é que, mesmo que Jason não saiba sobre o que está falando, é EXATAMENTE isso que vai acontecer. Mark Finley vai cair em si e ver que fomos feitos um para o outro. Ele *tem* de ver isso.

De qualquer modo, dirigir para cima e para baixo da Rua Principal era um saco. Não apenas para mim. Depois da terceira vez, Jason disse:

— Estou me sentindo um idiota. Quem quer café?

Eu não queria, mas sabia o que ele queria dizer sobre o lance de se sentir um idiota. Ficar dirigindo pela Rua Principal — mesmo em uma rua em que praticamente todo mundo que você conhece está fazendo a mesma coisa — é meio chato.

E o bom do Coffee Pot é que se você conseguir uma mesa na varanda de cima, você ainda pode ver o que está acontecendo na Rua Principal, porque o Coffee Pot fica ali, bem em frente ao muro, atrás do qual os Goth e os Burner se juntam para jogar bolinha de gude e fumar.

Assim que conseguimos nossa mesa na varanda, Jason me cutucou e apontou para a rua.

— Alerta! Ken e Barbie à direita — informou ele.

Olhei para baixo e vi Lauren Moffat e seu par, Mark Finley, indo para o caixa eletrônico logo abaixo de nós. É inacreditável que um cara tão legal quanto Mark esteja saindo com uma pessoa tão má quanto Lauren. Tipo, quase todo mundo gosta de Mark (exceto Jason, que cultiva um desdém irracional em relação a todos, exceto por seu melhor amigo, Stuckey — que talvez seja o ser humano mais chato da face da Terra —, Becca e eu — quando não estamos brigando). Mark foi eleito representante de classe desde, hã, sempre, porque ele é muito legal. Enquanto Lauren...

Vamos colocar assim: Mark só pode gostar de Lauren por sua aparência. Duas pessoas tão bonitas — é claro que Mark não é só legal, ele também é bonito como o Brad Pitt — meio que *têm* de ficar juntas, eu acho. Mesmo que uma delas seja uma cria do diabo.

E Mark e Lauren — eles estão juntos *mesmo*. O braço de Mark estava sobre os ombros de Lauren e a mão dela segurava a mão dele. Os dois estavam supercarinhosos um com o outro, ignorando o fato de que havia pessoas no andar de cima que não necessariamente queriam vê-los se beijando. Embora seja óbvio que eu era a única que me incomodava com a visão de Mark beijando Lauren, e senti um aperto no coração. Becca e Jason não gostavam de ver pessoas enfiando a língua na boca de outras, porque achavam isso uma nojeira.

— Eca! — exclamou Becca, desviando o olhar.

— Estou cego — declarou Jason. — Eles me cegaram com essa nojenta demonstração pública de afeto.

Virei o pescoço para tentar acompanhá-los, mas eles já haviam desaparecido debaixo de nós para que Mark pudesse usar o caixa eletrônico. Só dava para ver o cabelo de Lauren.

— Por que eles têm de fazer isso? — perguntou Jason, curioso. — Se beijar em público assim? Será que querem mostrar ao mundo que eles encontraram alguém especial e que o resto de nós não? É isso que estão tentando fazer?

— Acho que eles não fazem isso de propósito — disse Becca. — Ainda assim, é grosseiro, mas acho que eles não conseguem resistir.

— Pois é, mas eu não acredito nisso — contrapôs Jason. — Acho que eles fazem isso de propósito para fazer com que nos sintamos mal porque ainda não encontramos nossa alma gêmea. Como se o ensino médio fosse realmente o lugar para se encontrar a alma gêmea.

— O que há de errado em encontrar a alma gêmea no ensino médio? — perguntou Becca. — Talvez seja a única chance que você tenha para encontrar a sua. Se você não aproveitar, só porque não quer encontrar a alma gêmea no colégio, talvez você nunca venha a conhecê-la e acabe vagando sozinho como uma nuvem pelo resto de sua vida.

— Eu não acredito que TEMOS só uma alma gêmea — afirmou Jason. — Acho que temos várias chances de encontrá-las. É claro que você pode encontrar uma alma gêmea no colégio. Mas isso não significa que se você não fizer nada a respeito, você nunca mais conhecerá ninguém. Você vai conhecer na época que for mais conveniente para você.

— O que há de errado em conhecer a sua alma gêmea no colégio? — perguntou Becca.

— Deixe-me ver... — implicou Jason, coçando o queixo, como se tivesse que pensar muito sobre a questão. — Cara, você ainda mora com os seus pais. Aonde você e sua alma gêmea iriam para ficarem sozinhos?

Becca pensou um pouco na pergunta.

— No seu carro.

— Viu, isso é uma M. — disse Jason. Só que ele não disse apenas a inicial. — O que há de romântico nisso? Esqueça.

— Então, você está dizendo que ninguém deveria namorar no colégio? — inquiriu Becca. — Porque não é romântico namorar no carro?

— É claro que você pode namorar — disse Jason. — Ir ao cinema e passear, essas coisas. Mas eu não vou fazer isso, sabe? Tipo me apaixonar.

— O quê? — Becca parecia horrorizada. — *Nunca?*
— Não por alguém do colégio — concluiu Jason. — Falando sério. Você não quer cuspir no prato que come, não é?
Só que ele não disse cuspir.
— Eca! — disse Becca.
— Tô falando sério — continuou Jason. — Você namora alguém do colégio, o que acontece se vocês terminarem? Como vão ficar as coisas? Supertensas. Quem precisa disso? O colégio já é bem ruim sem acrescentar ISSO à mistura.
— Então, você está dizendo... — Becca precisava esclarecer tudo. — ... que nunca pensou em namorar e nunca ficou apaixonado por ninguém do colégio? Ninguém mesmo?
— Exatamente — confirmou Jason. — E nunca namorarei.

Becca parecia não acreditar, mas eu sabia que ele estava dizendo a verdade, sabia por experiência própria, porque, na quinta série, uma professora que não nos conhecia deixou que sentássemos juntos na aula e Jason começou a me beliscar, implicar e cutucar até que eu não aguentasse mais. Quando perguntei ao vovô como eu deveria lidar com essa situação — se eu deveria beliscar ele também ou contar tudo à professora — o vovô disse "Stephanie, quando os garotos implicam com as garotas é sempre porque estão um pouco apaixonados por elas".

Mas quando fui burra o suficiente para repetir isso para Jason (quando ele fingiu colocar uma meleca na cadeira um pouco antes de eu me sentar), ele ficou muito zangado e disse que não falaria comigo pelo resto do ano. Nada mais de brincadeiras como Comandos em Ação encontra Barbie. Nada de Combate. Nada de corridas de bicicleta ou lutas de perna. Em vez disso, ele ficava com o idiota do Stuckey, e eu tive de fazer amizade com a Bela Adormecida (também conhecida como Becca).

Ele não voltou a falar comigo até a sexta série, logo depois do incidente da Fanta Uva, quando a campanha de terror de Lauren contra mim tinha chegado ao auge e ele sentiu pena de mim, sentada sozinha na cantina. Então, no fim das contas, ele voltou a almoçar comigo.

Jason não acredita em romance no colégio. E ele é MUITO decidido quanto a isso.

— Porque, caso contrário — continuou ele, na mesa da lanchonete — ... você vai ser como aqueles estúpidos lá embaixo. Falando nisso, Lelé, o que você está fazendo?

Parei de sacudir os pacotinhos de açúcar que eu tinha aberto por cima do corrimão da varanda e olhei de forma inocente para Jason.

— Nada.

— Não parece que não está fazendo nada. Você com certeza está fazendo alguma coisa. Parece que está esvaziando pacotinhos de açúcar na cabeça de Lauren Moffat.

— Psiu — pedi. — Está nevando, mas só na Lauren. — Peguei mais pacotinhos de açúcar. — É Natal, Sr. Potter — disse baixinho para Lauren, fazendo uma imitação perfeita de Jimmy Stewart. — É Natal, sua interesseira.

Jason começou a rir e tive de mandá-lo rir baixo, enquanto Becca percebia que o meu suprimento de açúcar estava acabando e apressou-se em me passar mais pacotinhos.

— Pare de rir tão alto — disse eu para Jason. — Você vai estragar esse momento lindo deles. — Despejei mais açúcar. — Feliz Natal, para todos, e tenham uma boa-noite.

— Ei! — exclamou Lauren Moffat, parecendo bastante irritada quando sua voz chegou até nós. — O que... eca! O que caiu no meu cabelo?

Abaixamos rapidamente sob a mesa para que Lauren não nos visse se percebesse o que estava acontecendo e olhasse para cima. Eu podia vê-la pelas fendas entre as grades em volta da varanda, mas sabia que ela não podia me ver. Ela estava balançando os cabelos. Becca, agachada na minha frente, teve de colocar a mão na boca para conter as risadas. Jason parecia prestes a fazer xixi nas calças, pois estava se segurando para não rir.

— Qual o problema, gata? — perguntou Mark, colocando a carteira de novo no bolso.

— Tem um treco, areia ou sei lá o quê, no meu cabelo — disse Lauren, ainda sacudindo o cabelo. O que ela obviamente não queria fazer, já que tinha feito escova para ele ficar bem lisinho.

Mark se aproximou para olhar para o cabelo dela.

— Parece normal para mim — avaliou ele.

O que nos fez rir ainda mais, até lágrimas começarem a sair dos olhos.

— Tudo bem, então — disse Lauren, sacudindo as mechas alisadas. — Acho que você está certo. Vamos logo.

Só quando eles viraram a esquina em direção a Penguin é que nos sentamos de novo, gargalhando de forma meio histérica.

— Ai, meu Deus! Vocês viram a cara dela? — perguntou Becca, no meio de risos. — "Tem um treco no meu cabelo"!

— Isso foi demais, Lelé — elogiou Jason, enxugando os olhos. — O melhor plano de todos.

Mas esse não era o melhor plano. Nem de longe. Ele nem fazia ideia.

— Posso trazer o de sempre para vocês? — perguntou Kirsten, nossa garçonete, chegando para limpar a mesa.

Parece que ela notou todo o açúcar que eu derrubei.

Sempre que Kirsten era nossa garçonete, Jason deixava o guardanapo ou outra coisa cair, para abaixar para pegar, porque ele sente por Kirsten o mesmo que eu sinto por Mark. Ele acha que ela é perfeita. E talvez seja mesmo. Quem sou eu para julgar? Kirsten, que veio da Suécia, está trabalhando para conseguir pagar a faculdade usando as gorjetas que recebe no Coffee Pot. Ainda assim, ela consegue manter as luzes louras, que é o motivo por que Jason passava todas as noites deitado na colina, compondo poemas para ela. Ele fica especialmente poético quando ela usa uma camisa masculina branca de botão, com as pontas amarradas na cintura e sem sutiã.

Acho que Kirsten é legal e tudo, mas não acho que seja boa o suficiente para Jason. Eu nunca admitiria isso para ELE, mas notei que ela tem pele seca nos cotovelos. Ela deveria investir em um hidratante.

Mas hoje à noite, por algum motivo, Jason pareceu não notar Kirsten. Ele estava ocupado demais perguntando como seria na segunda-feira de manhã (não a parte como eu planejava mudar a estrutura social da Bloomville High com a ajuda do Livro da avó dele, já que Jason e Becca não sabiam nada sobre isso). Estávamos combinando a que horas teríamos de sair de casa para ir para o colégio agora que Jason tem um carro. Combinamos o maravilhoso horário de 8h da manhã para pegarmos o primeiro sinal, às 8h10, comparado com 7h30, quando tínhamos de pegar o ônibus.

— Você consegue imaginar a cara deles quando estacionarmos? — perguntou Becca quando Kirsten chegou trazendo o nosso pedido. — Tipo, no estacionamento do colégio?

— Principalmente se estivermos ouvindo Andy Gibb — acrescentei.

— Por mim, a "galera VIP" pode se ferrar — disse Jason.

— O que é "galera VIP"? — perguntou Kirsten.

— Você sabe — explicou Becca, enquanto pingava mais adoçante no seu café descafeinado. Becca tinha problemas de peso porque sempre morou na fazenda e os pais dela tinham de levá-la de carro para todos os lugares porque não havia nenhum local para se ir andando perto da casa deles. Agora que ela vive na cidade, seus pais ainda a levam de carro para todos os lugares, porque querem exibir o Cadillac novo que compraram com o dinheiro da I-69. — O pessoal popular.

— Vocês não são populares? — perguntou Kirsten, parecendo confusa.

Isso fez com que caíssemos na gargalhada. O que não tem problema nenhum, porque podemos falar abertamente sobre a nossa impopularidade no Pot, pois somos os únicos da Bloomville High que vamos a essa lanchonete. Lá é um lugar maneiro, onde eles costumam fazer leitura de poesia e guardam folhas de chá em enormes potes de plástico.

Além disso, não existem muitos adolescentes em Greene County que bebem café (mesmo café com leite e um monte de açúcar, como eu); eles preferem os sundaes da Penguin.

— Mas vocês são tão legais — disse Kirsten quando paramos de rir. — Eu não entendo. Não são os garotos mais legais que são os mais populares no seu colégio? Porque era assim no meu colégio lá na Suécia.

Fala sério, eu quase cheguei a chorar. Nunca ouvi nada tão tocante. *Não são os garotos mais legais que são os mais populares no seu colégio?* A Suécia deve ser o melhor lugar para se viver. Porque aqui, no cruel Meio-Oeste, popularidade não tem absolutamente nada a ver com o fato de você ser legal ou não. A não ser no caso de Mark Finley, é claro.

— Vamos lá, vocês estão brincando comigo — sorriu Kirsten, exibindo o canino torto (canino este que foi particularmente elogiado em um poema de Jason). — Vocês são populares. Tenho certeza.

O que fez Jason parar de rir tempo suficiente para perguntar:

— Espere um minuto... Então, Kirsten, você está dizendo que nunca ouviu falar de Steph Landry?

Kirsten piscou os grandes olhos castanhos e olhou para mim.

— Mas essa é você. Você é famosa ou algo assim?

— Algo assim — respondi, me sentindo mal.

E esse era o lance. Kirsten provavelmente era a única pessoa em Greene County que nunca tinha ouvido falar de mim.

Ainda bem que tenho Jason por perto para informá-la melhor.

Você pode sobreviver a um erro que provavelmente vai torná-la impopular?

É CLARO que pode!

O primeiro passo na estrada da popularidade é admitir honestamente que existem pontos da sua personalidade, roupas e aparência que podem melhorar um pouco.

Ninguém é perfeito e a maioria de nós tem alguns defeitos que podem diminuir as nossas chances de nos tornarmos populares.

Só quando admitirmos isso de forma honesta é que poderemos começar a aprender como nos tornar populares.

Quatro

FALTA UM DIA E CONTANDO
DOMINGO, 27 DE AGOSTO, 00H15

Eu deveria odiá-lo, mas não odeio. É difícil odiar alguém que fica tão lindo sem camisa.

Não acredito que acabei de pensar isso. Não acredito que estou aqui sentada FAZENDO isso quando jurei que não faria nunca mais.

De qualquer forma, a culpa é dele, por não ter fechado as cortinas.

A questão é que eu gostaria de saber o que é que se faz quando se sabe que alguma coisa está errada, mas simplesmente não se consegue parar de fazer?

É claro que eu acho que seria capaz de parar se eu realmente quisesse. Mas, hã, eu meio que não quero, é óbvio.

Sério, se você pensar bem, é apenas pesquisa. Sobre os garotos. Meu interesse em ver Jason sem roupa é puramente científico. E esse é o motivo por que eu uso o binóculo que ganhei na promoção do chiclete Bazooka Joe quando eu tinha 11 anos (sessenta embalagens de chiclete Bazooka mais

4,95 pelo frete. E ele funciona mais ou menos). Tipo assim, alguém tem de observar os caras em seu hábitat natural e descobrir o que os faz funcionar. Principalmente quando estão sem roupa.

Mas eu me sinto muito culpada. Principalmente em relação ao lance do binóculo.

Não o suficiente para parar.

Além disso, se alguém me perguntar, acho que ele meio que merece isso, sabe? Essa noite em especial, depois de ter contado para Kirsten todo o lance da Fanta Uva. Como se ela precisasse saber.

Depois disso, ele ainda teve a cara de pau de nos chamar para irmos à colina. Como se eu fosse olhar as estrelas com um cara que entregou a minha história para a única residente da cidade que não sabia nada sobre "dar uma de Steph Landry".

Sem mencionar que eu não tinha trazido o repelente comigo e não sou do tipo que deita na grama para ser comida viva pelos mosquitos só para ver algumas estrelas brilhando. Foi por isso que o vovô construiu o observatório, pelo amor de Deus.

Então não estava me sentindo muito culpada. Não o suficiente para fazer uma confissão sobre o assunto nem nada disso.

Principalmente porque sei que se eu for me confessar com o Padre Chuck sobre isso ele vai contar para a minha mãe — tenho certeza. E aí, ela vai contar para Kitty. E Kitty vai contar para o filho, o Dr. Hollenbach, que vai contar a Jason (ou pelo menos vai alertar o filho em relação às cortinas). E aí eu não vou mais poder vê-lo. Pelo menos, não pelado.

E isso seria péssimo.

Além disso, ninguém pode dizer que o que estou fazendo é TÃO errado assim. Os caras fazem a mesma coisa com as garotas há centenas — talvez até milhares — de anos. Porque desde que existem janelas e pessoas trocando de roupa na frente delas — pessoas que não fecham as cortinas — há pessoas olhando para essas janelas.

Tudo que quero dizer é que já está na hora de nós, garotas, pagarmos na mesma moeda.

E por mais triste que fique ao contar isto, Jason sempre mostra que vale muito a pena observá-lo. Não sei o que ele comeu enquanto estava na Europa, mas ele voltou tão gato! Ele não tinha esses bíceps antes de partir. Nem esse abdômen.

Ou talvez ele tivesse, e eu nunca notei.

É claro que não é como se, antes de ele viajar, eu sempre costumasse observar Jason pelado. Foi só depois que ele se mudou para o sótão, que tem uma janela que dá para a janela do banheiro do andar de cima, é que notei que eu poderia vê-lo.

E as pessoas na minha família estão começando a se perguntar por que eu demoro tanto no banheiro. Como o meu irmãozinho Pete, que está batendo na porta.

— O que você está fazendo aí? — ele quis saber. — Você já está aí há uma hora!

Meu grande erro foi abrir a porta.

— O que você quer? — perguntei. — Por que você não está na cama?

— Porque eu quero fazer xixi — respondeu Pete, passando por mim e abrindo a calça.

— Eca — disse eu.

Duvido muito que Lauren Moffat aguente os irmãozinhos fazendo xixi na frente dela em casa.

É claro que Lauren provavelmente tem o próprio banheiro e não tem de dividi-lo com quatro — em breve cinco — irmãos.

— Eu disse que estou com vontade de fazer xixi — disse Pete sem dar a mínima para possíveis traumas psicológicos que a sua nudez frontal possa me causar. Ele olhou em volta. — Ei, por que você está sentada aqui no escuro?

— Não estou não — respondi, mesmo sabendo que a lâmpada do banheiro estava apagada.

— Ah, está sim. — Pete terminou e puxou a descarga. — Você é muito esquisita, Steph, sabia?

Dã-ã.

— Volte para a cama, pirralho.

— Quem é pirralho aqui? — provocou Pete, mas voltou para a cama e não notou o binóculo.

Graças a Deus.

Acho que eu deveria ser mais compreensiva com Pete. A vida dele não deve ser muito boa, tendo a infame Steph Landry como irmã mais velha. É claro que só isso já o deixa em uma grande desvantagem social, pelo menos nessa cidade.

Ainda assim ele parece ter se saído muito bem... As provocações, os foras, as brigas do playground.

Acho que as coisas poderiam ser piores. Por exemplo, havia uma garota no colégio no ano passado, Justine Yeager, que era um verdadeiro gênio — ela tinha a média perfeita e as notas máximas nos simulados, até na redação. Mas ela não tinha a mínima habilidade social — ela era superinteligente nos ESTUDOS. Tipo, isso é pior do que derrubar acidentalmente um copo de Fanta Uva na garota mais popular do colégio. Ninguém sentava perto de Justine na hora do almoço, nem mesmo os impopulares, porque ela só falava em como ela era mais inteligente do que todo mundo.

Então, sempre que as coisas ficam muito ruins — como agora, quando, no último sábado à noite das férias de verão, em vez de eu estar em uma festa, ou em um encontro, ou no lago, ou qualquer outra coisa, eu estou aqui sentada no banheiro espionando o meu melhor amigo enquanto ele troca de roupa para dormir —, eu penso sobre como eu poderia ter nascido Justine Yeager, em vez de, você sabe... eu. E isso ajuda.

Só um pouco.

Pelo menos eu não estou sozinha. Não sou a única que não está em uma festa ou no lago. Jason também está em casa.

E está muito, muito gato.

Tudo bem, isso é doentio. DOENTIO. Vou pedir perdão a Deus e tudo durante a missa de amanhã. Já que eu não posso me confessar com o Padre Chuck, vou direto ao chefe. Nada de intermediários. De qualquer forma, esse é o conselho do vovô.

Embora o vovô não faça a mínima ideia de quanto tempo eu passo espionando o corpo nu do meu futuro "sabe-se lá o que Jason vai ser", quando vovô se casar com a avó de Jason.

Mas tanto faz.

Qual é o segredo da popularidade? O que faz com que alguém seja admirado por tantos, e outros não sejam nem um pouco admirados?

As pessoas populares:
* Sempre têm um sorriso para todos.

* Mostram interesse genuíno pelos outros e pelo que eles têm a dizer.

* Lembram-se de que o nome da pessoa é o som mais doce e mais importante para ela! As pessoas populares chamam todos pelo nome e fazem isso de forma frequente.

* São bons ouvintes que encorajam os outros a falarem de si.

* Fazem com que a pessoa com quem estão conversando se sinta importante — e fazem isso de forma sincera. Elas sempre fazem com que a conversa seja sobre VOCÊ e não sobre elas.

# Cinco

AINDA FALTA UM DIA E CONTANDO
DOMINGO, 27 DE AGOSTO, MEIO-DIA

Fui me encontrar com o meu avô no observatório, enquanto todo mundo estava tomando café e comendo rosquinhas no porão da igreja depois da missa. Tenho de evitar esse tipo de coisa, porque tudo que eu como vai direto para o meu traseiro. Tenho de pedalar pela cidade por uma hora para queimar as calorias de uma rosquinha. E não vale a pena. A não ser que seja uma Krispy Kreme quente, é claro.

Vovô diz que herdei essa tendência de sua primeira esposa, a minha avó. Não sei se isso é verdade ou não, já que a minha avó morreu de câncer nos pulmões antes de eu nascer. E olha que ela nunca tinha fumado na vida. Mas vovô fumava, então a vovó o culpava. Pelo câncer, digo. Acho que isso não foi legal da parte dela, mesmo que fosse verdade. Dá para perceber que vovô se sente supermal por isso.

Mas não o suficiente para parar de fumar.

Isto é, até ele começar a sair com Kitty. Tudo que ela precisou dizer foi "Fumar é um péssimo hábito. Eu nunca consegui me imaginar saindo com um homem que fuma", e vovô parou de fumar. Num piscar de olhos.

O que não contribuiu muito para mamãe gostar de Kitty, mas que serviu para mostrar o poder do Livro.

— Olá — disse eu depois de entrar no observatório, usando o código especial que vovô me ensinou para abrir a porta eletrônica.

O código era a data de aniversário de Kitty, o que achei muito romântico. Não tão romântico como construir o prédio e dar o nome dela ao lugar — Observatório Katherine T. Hollenbach — e depois talvez doá-lo para a cidade.

Mamãe, porém, não acha isso tão romântico assim. Desde que ele recebeu o dinheiro da I-69, ela o chama de "consumidor óbvio" e disse que ele fez com que ela temesse mostrar o rosto nas reuniões da comunidade. Sendo que a comunidade da cidade está com o estoque bem alto por causa do observatório, cujo interior é moderno, mas a fachada segue a arquitetura quadrada dos projetos dos anos 1930.

Mas mamãe diz que ela só está se referindo a nova casa que o vovô está construindo no lago e do Rolls-Royce amarelo que ele comprou, mas que ainda não chegou. Ele também pediu calotas para as rodas.

— Olá — cumprimentou-me vovô, que estava na rotunda onde conferia as coisas no deque do observatório.

Como era domingo, não havia empregados. Era só vovô e eu. Já estava quase tudo pronto. Só havia mais algumas paredes de gesso que precisavam ser concluídas na sala de controle.

— Como estão as coisas?

— Bem — respondi, mexendo no bolso da saia, enquanto subia até o deque de observação. — Tenho 87 dólares aqui para você.

— Obrigado — agradeceu vovô.

Ele pegou o dinheiro, arrumou em uma pilha organizada, dobrou e colocou na carteira. Ele não se preocupou em conferir, pois nós dois sabíamos que eu nunca errava nas contas.

Então ele pegou um bloquinho no bolso e preparou o recibo, que me entregou.

— A taxa de juros diminuiu.

— Eu sei, vi na internet hoje de manhã — respondi, enfiando o recibo no bolso.

Vovô e eu sempre dividimos um carinho mútuo por... Bem... por dinheiro. Na verdade, eu nunca tinha demonstrado nenhuma aptidão para matemática até que, um dia, quando eu estava na sétima série, vovô sentou comigo, olhando para o problema de matemática que tinha me feito chorar.

— Não ligue para o número de maçãs que Sue tem. Vamos imaginar que Sue trabalhe em um turno na livraria. Mas é um sábado à noite e a única maneira de fazê-la trabalhar é prometendo pagar 8,50 por hora, em vez dos 7,50 que se costuma pagar, porque ela quer sair com o namorado e pegar um cinema. Mas você não quer que sua mãe saiba que você pagou hora extra, porque, na verdade, não houve nenhuma hora extra. Como você vai configurar o recibo de pagamento de Sue para que ela consiga o dinheiro sem que sua mãe saiba?

Minha resposta foi imediata: Sue ganharia 68 dólares para trabalhar em um turno de oito horas, recebendo 8,50 por hora. Sessenta e oito divididos por 7,50 dá nove. Então basta colocar que Sue trabalhou nove horas, em vez de oito.

E depois você procuraria um empregado que não fosse tão popular quanto Sue, para que eles possam trabalhar no turno de sábado à noite sem cobrar mais por isso e você não precise mais maquiar os números.

— Muito bem — elogiou vovô.

E aquele foi o fim dos meus problemas em matemática. Pensar nos números em termos de pagamento e horas acabou por esclarecer os mistérios da álgebra para mim, tornando-a bastante compreensível. Agora, sou a melhor da turma e fiquei responsável pela folha de pagamentos da loja no lugar do vovô, que não é mais bem-vindo desde que mamãe rompeu com ele.

— Você conseguiu fazer um bom negócio? — perguntou vovô, referindo-se ao que comprei com o dinheiro que ele tinha me emprestado.

Olhei séria para ele.

— Por favor, vô — respondi. — É *comigo* que você está falando.

— Só para me certificar — disse ele.

Ele tinha ligado o aparelho de ar condicionado do observatório na capacidade total, o que era bom porque estava muito quente lá fora, e a umidade relativa do ar estava a mais alta possível sem que chovesse realmente. Em outras palavras, um típico dia de agosto em Indiana.

— Você transferiu aqueles fundos da poupança para a conta corrente como eu disse? — inquiriu vovô.

— Claro.

— Porque as contas têm de ser pagas no início do mês.

— Eu sei, vovô. Já fiz tudo.

Vovô balançou a cabeça. Ele estava muito bem para a idade, embora ele nunca tenha superado o fato de não ter crescido mais e parado em 1,73m. Sempre digo para ele não se preocupar com isso, porque essa é a altura de Tom Cruise e ele se saiu muito bem — financeiramente. Ainda assim, acho que foi dele que herdei a minha baixa estatura.

Mas aos 69 anos de idade, vovô consegue cobrir 18 buracos de golfe e ficar acordado até o noticiário das 11h da noite. Ele tem um orgulho especial dos cabelos completamente brancos e da total ausência de calvície. O bigode dele também é bem legal. Durante toda a minha vida, vovô tinha uma mancha amarelada de cigarro no bigode. Até que ele começou a sair com Kitty. Agora, o bigode dele está branco como a neve.

— Como vai o Darren? — quis saber vovô.

Darren é o aluno da Universidade de Indiana que contratamos para o turno da noite na loja. Ele gosta de trabalhar nesse horário porque quase não há clientes e ele pode fazer os deveres de casa durante o expediente.

— Bem — respondi. — Ele reorganizou a prateleira de encomendas na outra noite e encontrou um urso de pelúcia Steiff pelo qual ninguém pagou, desde o ano passado, e vamos colocá-lo de volta nas prateleiras da loja.

Vovô estalou a língua e voltou a mexer no telescópio de um metro e meio. Não que ele soubesse o que estava fazendo. Vovô NÃO tem nenhum interesse em astronomia. Ele teve de contratar todos esses professores da Universidade de Indiana para ajudá-lo a planejar o observatório e os alunos de pós-graduação estão recebendo créditos na faculdade para administrá-lo. O único motivo por que o vovô decidiu construir um observatório é porque ele sabe como Jason adora observar as estrelas e ele sabe o quanto Kitty ama Jason. Tudo isso tem basicamente a ver com a mulher que ele ama.

Eu construiria um observatório para Mark Finley. Se ele gostasse das estrelas, é claro.

— E como vai a sua mãe? Ela está bem?

— Tudo bem — respondi. — Mais um mês até o bebê nascer.

— Como você vai conseguir administrar a loja e fazer esse negócio de popularidade ao mesmo tempo? Com sua mãe fora de cena por um tempo para cuidar do novo bebê e tudo? — quis saber vovô.

— Vai ser moleza.

O vovô é a única pessoa no mundo para quem contei sobre O Livro. Eu até o mostrei para ele. Eu tive de fazer isso para que ele me emprestasse o dinheiro. Mas não contei a ele onde o consegui. Não quis que ele pensasse que Kitty o tinha usado para fisgá-lo.

Tudo que ele disse foi:

— Por que você liga para o que a filha de Sharon Moffat pensa de você? Aquela garota não reconheceria uma Nota do Tesouro Nacional mesmo que ela mordesse o seu traseiro.

Então expliquei a ele que era algo que eu tinha de fazer, do mesmo modo que ele tivera de construir o observatório para a cidade, mesmo que ninguém quisesse um — exceto talvez por Jason, que todo ano, desde a terceira série, quando havia assistido *Contatos imediatos do terceiro grau* na sessão da tarde de domingo, tentava fundar um clube de astronomia, mas nunca conseguia, nem tampouco desistia.

Mas vovô disse que a maioria das pessoas é burra demais para saber o que quer de verdade.

— Ainda não gosto disso — disse vovô.

Ele terminara o que achava tão importante fazer no observatório naquela manhã e se dirigiu para a porta pela qual eu tinha acabado de entrar e eu o segui.

— Tentar ficar amiguinha de uma fedelha que nunca fez nada a não ser infernizar a sua vida — continuou ele.

— Não quero ser amiga dela, vovô — disse eu. — Confie em mim. Além disso, tudo que aconteceu foi por minha culpa.

— O quê? — Vovô lançou-me um olhar aborrecido e abriu a porta, deixando o calor insuportável nos envolver como sopa quente. — Você tropeçou! Foi só! Será que isso é motivo para alguém transformar a vida inteira da pessoa num inferno? Só porque ela tropeçou quando tinha 12 anos de idade? Isso é ridículo.

Dei um sorriso tolerante. Vovô não fazia ideia do que era ser adolescente. Enquanto sua filha única, minha mãe, crescia, ele nunca estava por perto, pois tinha de administrar a fazenda. Acompanhar a minha adolescência horrível e sofrida foi a única experiência que ele teve no mundo da "Agressividade oculta de adolescentes e a dor que isso pode causar".

— Lá está sua mãe — disse vovô, indicando com a cabeça as portas da igreja, que dá para ver da escada do observatório.

Mesmo que muitas pessoas estivessem saindo da igreja de St. Charles naquele momento, não era difícil localizar a minha família, principalmente por causa da barriga enorme de mamãe. Mas também por causa do barulho que meus irmãos estavam fazendo, cujo som poderia ser ouvido a quilômetros de distância.

Vovô parou de frequentar a igreja depois que vovó morreu, o que, de acordo com mamãe, era uma outra fonte de briga entre eles. Mas vovô diz que ele pode orar a Deus tão bem no campo de golfe quanto na igreja — se não melhor, já que está mais perto da natureza e, desse modo, de Deus, no campo de golfe do que no banco da igreja de St. Charles. Temo por sua alma e tudo, mas acho que se Deus é tão misericordioso, como o padre Chuck vive dizendo, vovô vai ficar bem (e, considerando o que eu estava fazendo na noite passada, eu também).

Felizmente para vovô, Kitty também não é a pessoa mais religiosa do mundo. Em vez de se casarem na igreja, eles farão uma cerimônia civil, realizada por um juiz de paz de Greene County, nos jardins do Country Club, daqui a uma semana.

— Tudo bem — disse eu. — É melhor eu ir agora. Você já está ficando nervoso?

— Nervoso? — Vovô me lançou um olhar de reprovação e depois olhou pra cima. — Por que eu deveria ficar nervoso? Eu vou me casar com a garota mais bonita de Greene County.

— Mas você vai ter de ficar em pé na frente de todas aquelas pessoas no domingo que vem.

— Inveja — disse ele em tom decidido. — É o que todos vão sentir de mim. Porque ela vai se casar COMIGO e não com eles.

A melhor parte de tudo é que vovô realmente acredita nisso. Ele acha que o sol nasce e se põe para Katherine T. Hollenbach. E eu acredito que isso é porque ela seguiu direitinho as regras do Livro. Eles dois, vovô e Kitty, se conhecem desde que ELES iam para a Bloomville High School nos anos 1950. Só que vovô me disse que Kitty nem sabia que ele existia naquela época, porque ela era muito bonita e popular e ele muito baixinho e tímido. Ela nem sabia da existência dele até o ano passado, quando eles se encontraram na comunidade exclusiva do condomínio perto do lago para o qual ambos se mudaram. Vovô com o dinheiro que recebeu da I-69, e Kitty depois de decidir que estava cansada da vida na cidade.

— Algum sinal de que *ela* está amolecendo? — perguntou vovô indicando mamãe com a cabeça.

Mamãe estava boicotando o casamento por uma questão de princípios e não porque não gostasse de Kitty — embora ela não seja exatamente uma das pessoas de quem mamãe mais gosta no mundo. Mamãe não foi a única pessoa que disse a vovô que Kitty nunca sequer olhara para ele antes de seu repentino enriquecimento. Mas vovô parece não dar a mínima para isso — até porque ela ainda está pau da vida com ele por causa do lance do Super Sav-Mart.

No entanto, ela permitiu que nós fôssemos... O que é uma boa coisa, pois serei dama de honra de Kitty, Pete será um dos padrinhos do vovô (Jason é o outro) e Catie vai levar flores e Robbie as alianças (Sara ainda é muito novinha para fazer qualquer coisa).

Eu gosto muito de Kitty e não é porque todos gostam dela (exceto mamãe), mas porque ela sempre guardou o meu segredo mais vergonhoso — que não é tão vergonhoso assim agora, porque hoje sei que é algo que faz parte do crescimento.

Mas naquela época foi a pior coisa que já tinha acontecido comigo. Jason tinha me convidado para dormir na casa dele — nós estávamos no jardim de infância, quando ainda não era um problema meninas e meninos fazerem a festa do pijama juntos — pois seus pais iriam viajar e a avó tomaria conta dele.

Uma das coisas que sempre admirei nos pais de Jason é que eles foram inteligentes o bastante para terem um filho só. Diferente dos meus pais, que tiveram um filho depois do outro, eles podiam fazer coisas como uma viagem romântica para Paris sem levarem Jason, ou mandar fazer uma piscina no quintal. Mas é claro que sempre que eu reclamava com minha mãe sobre isso ela perguntava: "E qual filho eu não deveria ter tido?", que é uma pergunta horrível, porque é claro que eu amo todos os meus irmãos.

(Embora eu ache que ninguém sentiria muita falta de Pete.)

De qualquer forma, aquela era a primeira vez que eu ia dormir na casa de outra pessoa e acho que fiquei um pouco animada demais — ou talvez tenha sido a Coca-Cola que Kitty nos ofereceu e eu bebi demais, porque não costumávamos tomar refrigerante, apenas em ocasiões especiais como o almoço de Ação de Graças ou a Páscoa — e acabei fazendo xixi na cama no meio da madrugada (na verdade, acho que deve ter sido por volta de meia-noite).

Lembro de ficar deitada com a calcinha molhada e pensando: "E agora? O que é que eu faço?". Jason estava dormindo, mas mesmo que estivesse acordado eu nunca contaria a ele o que tinha acontecido. Eu estava convencida de que ele zombaria de mim dizendo coisas do tipo "molhou a cama feito um bebezinho!". Bem, conhecendo Jason como eu conheço, acho que ele nunca falaria uma coisa dessas, mas na minha mente distorcida de quatro anos de idade, eu estava convencida de que ele nunca mais ia querer ser meu amigo se descobrisse que eu tinha feito xixi na cama. Além disso, esse assunto viria à tona sempre que eu o vencesse em alguma coisa. "Bem, tudo bem, você até pode ser melhor em Candy Land, mas pelo menos eu não faço xixi na cama."

Por fim, a minha calcinha foi ficando cada vez mais gelada e eu não consegui mais aguentar. Então me levantei e fui devagarzinho até o quarto principal, onde a avó de Jason estava dormindo.

Ela acordou imediatamente, embora estivesse um pouco grogue.

— Oh! Stephanie! — disse ela quando percebeu que era eu. — Querida, ainda não está na hora de levantar. Aqui em casa, nós só levantamos quando o ponteiro grande está no doze e o pequeno no oito, ou nove.

Então eu expliquei a ela que eu não tinha me levantado *mesmo*, mas que eu tinha tido um acidente.

Kitty foi o MÁXIMO. Ela tirou a minha calcinha molhada e a colocou na máquina de lavar, sem acordar Jason.

E depois, quando ela tentou me fazer voltar para a cama e eu me recusei porque não estava de calcinha (Sim. Eu era esse tipo de criança.), ela pegou uma cueca de Jason e disse para mim que cuecas funcionavam tão bem quanto calcinhas e que eu poderia usá-la por baixo do pijama, e que Jason nunca saberia.

É claro que eu fiquei cética. É claro que cueca não tem nada a ver com calcinha — ela tem uma abertura! Além disso, a cueca de Jason tinha um Batman estampado.

Mas era melhor do que nada. Então eu voltei para a cama com a cueca do Batman de Jason, com a promessa de que, no dia seguinte, a minha calcinha estaria limpa e seca.

Fiquei lá deitada pensando: "Estou usando a cueca de rapazinho de Jason", porque era assim que as pessoas chamavam as cuecas de criança quando estávamos saindo das fraldas para usar fraldas de treinamento — a minha era calcinha de mocinha e a dele era cueca de rapazinho.

Para dizer a verdade, eu senti uma certa excitação por estar usando a cueca de rapazinho de Jason. Eu já era meio doente naquela época.

Na manhã seguinte, enquanto Jason estava no banheiro, Kitty me devolveu minha calcinha e entreguei a ela a cueca de Jason, que eu fiquei meio triste de devolver. E ela nunca disse uma palavra sobre isso, nem para ele, nem para os pais dele ou para os meus pais, nem para ninguém. Até hoje, não sei se ela ainda se lembra de como me salvou... mas eu nunca vou me esquecer.

E eu estou feliz porque ela vai ser minha avó, porque acho que ela é uma das melhores avós que uma garota poderia ter.

Pena que minha mãe não concorde. Mas talvez seja porque Kitty não a salvou de uma situação que envolvesse xixi na calça.

— Não — respondi à pergunta que vovô fizera sobre mamãe. — Mas não se preocupe. Ela vai superar.

Eu não acredito nisso de verdade. É só algo que digo para vovô quando ele fica triste, como nesse momento. Minha mãe é uma pessoa muito determinada. Uma vez eu a vi derrubando um cara porque ela suspeitou que ele estivesse roubando a loja, só porque ele ficou perto de uma estante por tempo demais. Ele era bem maior do que ela, mas ela não deu a mínima. O centro gravitacional de mamãe é mais baixo do que o da maioria das pessoas. Acho que é porque ela teve tantos filhos.

— Espero que esteja certa, Stephanie — torceu vovô, com os olhos azuis se estreitando enquanto olhava para mamãe, que já estava no estacionamento da igreja. — Eu com certeza sinto falta dela.

Dei uns tapinhas carinhosos no braço dele.

— Vou mantê-lo informado — disse a ele. — E pode esperar o pagamento da próxima prestação na semana que vem.

— Vou prestar atenção às taxas de juros — assegurou vovô.

Então me despedi dele e corri pelo Bloomville Creek Park para me juntar ao resto da família na minivan. Como sempre, eles nem notaram que eu tinha sumido.

O que é a única vantagem de se ter quase cinco irmãos.

Outros hábitos de pessoas populares

As pessoas populares:

* São populares porque são verdadeiras. Elas são genuínas, fiéis a si mesmas.

* São totalmente consistentes em relação às suas crenças. Elas agem do mesmo modo em público e em ambientes particulares.

* Fazem o que querem fazer na vida. Elas têm várias ocupações e *hobbies* e sempre têm um objetivo na vida.

* São diretas e honestas e sempre levam em conta o sentimento dos outros.

* Nunca são falsas ou fingidas.

Será que você pode honestamente dizer isso sobre você?

# Seis

**AINDA FALTA UM DIA E CONTANDO
DOMINGO, 27 DE AGOSTO, 15H**

Jason chegou na hora em que eu estava anotando tudo de que precisaria para a semana seguinte. Ele começou:
— O que você está fazendo?
— O que você acha? — perguntei.
— Sei lá — respondeu Jason. — Arrumando as roupas?
— Viu? — impliquei. — Eles estavam certos quando deixaram você passar de ano.
— Engraçadinha — replicou Jason, olhando para as minhas roupas. — Essas roupas são *novas*?
— São, sim.
— Onde você conseguiu dinheiro?

Eu só olhei para ele. Todo mundo sabe que Jason não sabe lidar com dinheiro. Ele só conseguiu economizar para comprar o carro porque me entregava o dinheiro e recebeu tudo de volta seis meses depois como uma doce recompensa.

Não achei necessário revelar que, nesse caso específico, eu tinha pegado dinheiro emprestado com o meu avô. E eu só tive de pedir dinheiro emprestado porque as minhas economias estão aplicadas em fundos de longo prazo.

— Bem — disse Jason, percebendo a estupidez da própria pergunta. — Tudo bem. Ainda assim, desde quando você liga para roupas?

— Eu sempre liguei para roupas — disse eu, bastante assustada com a pergunta. — Me importo com a minha aparência.

— Ah, é mesmo, Lelé? — perguntou ele olhando para o meu cabelo.

— Para a sua informação — expliquei eu —, esse corte está na moda em Paris.

Pelo menos na versão lisa. Mas eu não ia fazer escova nos dias em que não fosse para o colégio.

— Em Paris, Texas, talvez — disse Jason.

Ele sentou no chão do meu quarto, o único lugar que não estava coberto com as várias combinações que eu estava fazendo (porque O Livro orienta de forma clara que você deve escolher as roupas, incluindo as roupas íntimas, com bastante antecedência em qualquer evento que tenha de ir, a fim de evitar uma gafe).

— Tanto faz — respondi.

Ele vai dizer outra coisa quando vir a versão lisa do meu corte de cabelo. E o mais importante: Mark Finley também vai notar.

— Você não tem nada para fazer?

— Tenho sim — respondeu Jason. — Eu estava pensando em levar B ao lago. — B é como Jason chama o seu carro novo. "B". — Quer vir comigo?

Embora fosse tentadora a oferta de ver Jason sem camisa — e sem a ajuda do binóculo do Bazooka Joe —, fui obrigada a recusar porque estava muito ocupada, catalogando todo o meu guarda-roupa de outono.

— Fala sério — reclamou Jason. — Quando você ficou tão *mulherzinha*?

Olhei séria para ele.

— Obrigada.

— Você sabe o que quero dizer — disse ele, deitando no chão para observar a constelação de estrelas fosforescentes que colamos no teto do meu quarto quando estávamos na quarta série. — Você não costumava ligar para roupas e para o cabelo, nem para o tamanho da sua bunda.

— Bem, nem todos podemos comer o que queremos sem ganhar peso — expliquei. — Nem todos nós PRECISAMOS engordar, como alguém que eu conheço.

Jason se apoiou em um cotovelo.

— Isso tem a ver com Mark Finley? — perguntou ele.

Senti o rosto corar. Não porque ele mencionou Mark, mas porque quando ele se apoiava em um cotovelo assim, eu podia ver os pelos da axila saindo por baixo da camiseta, e isso me lembrava dos pelos que eu tinha visto em outras partes do corpo dele. Sabe? Pela janela do banheiro, com o binóculo do Bazooka Joe.

— Não — respondi mais alto do que pretendia. — Porque se fosse, eu estaria correndo para ir com você, não é? Pois o lago é o lugar onde Mark e todos os outros populares estão hoje. O que me faz me perguntar por que você quer ir lá hoje, considerando que você odeia todo esse pessoal.

Jason se virou e fez cara feia para o carpete azul. Sim, meu quarto tem carpete azul. Meus pais estão lentamente redecorando a casa, mas até que meu pai consiga vender um dos romances de mistério que ele vive escrevendo quando não está fazendo granola caseira, coisas como se livrar do meu carpete azul estão fora de cogitação.

— Eu só queria levar B ao lago — disse ele. — Ela nunca esteve lá. Pelo menos, não comigo. Além disso, você sabe, tem aquelas curvas na estrada e eu queria testá-la.

— Ai, meu Deus! — exclamei. — E você tem coragem de me chamar de *mulherzinha*? Você é um *criançao*.

Com isso, Jason se levantou e disse:

— Tudo bem, vou sozinho.

— Por que você não chama a Becca? Ela deve estar em casa fazendo colagem ou algo assim.

Agora que Becca tinha se mudado da fazenda, ela não estava acostumada a não ter nada para fazer, então preenchia o dia com trabalhos de arte, como fazer saias usando capas de travesseiro, encher cadernos com recortes de gatinhos fofos que ela tira das revistas de domingo. Se ela não fosse minha amiga, eu provavelmente nem gostaria dela só por causa disso.

— Ela fica enjoada no caminho para o lago — disse Jason. — Lembra?

— Não se ela não se sentar na frente.

— Becca... — começou Jason já na porta do meu quarto, parecendo... bem, esquisito, é a única palavra que encontro para descrever. — Becca tem agido de forma estranha quando estou por perto. Você não notou?

— Não — respondi.

Porque não notei mesmo.

Além disso, se alguém deveria estar agindo de forma estranha perto de Jason, esse alguém deveria ser eu. *Sou eu* quem anda vendo ele sem calça e não Becca.

E será que devo acrescentar que o que vi foi muito impressionante?

Não que eu tenha parâmetro para fazer comparações. Exceto meus irmãos.

— Pois é — disse Jason. — Mas ela está. Enchendo o saco para eu dar um apelido de gênio do crime. E todo aquele lance de encontrar a sua alma gêmea. Esse tipo de coisa.

— Fala sério, Jason — respondi. — Ela só quer se adequar, fazer parte da turma. Você sabe, é difícil para ela viver na cidade. Ela estava acostumada a ficar com vacas e coisas assim. Dá um tempo pra ela. Será que você não consegue pensar em um apelido de gênio do crime para ela?

— Não — resmungou Jason. — Você quer ir à colina hoje à noite?

— Não. Da última vez eu tive de usar um pouco de gasolina para me livrar de todos os bichos-de-pé que entraram por baixo da roupa.

— Poderíamos ir ao observatório.

— Por quê? As chuvas de meteoros de agosto já acabaram e agora só haverá outras em outubro.

— Existem outras coisas para se ver no céu além de chuva de meteoros, sabe, Steph? — informou Jason. — Tipo assim, tem a constelação de Antares. E Arcturo.

Juro que queria dizer "Tá vendo, Jason? É por isso que você não é popular. Você tem um rosto bonito e sabe muito bem que seu corpo é lindo. Você tem senso de humor e é filho único, então seus pais podem comprar as roupas certas. Você tem boas notas, o que é um ponto contra o lance de popularidade, mas você joga golfe, que é um esporte que está cada vez mais popular entre os adolescentes. Mas você tem de arruinar tudo falando sobre o céu e a Cortesia BMW. O que há de *errado* com você?"

Mas eu não podia fazer isso porque seria cruel demais.

Em vez disso, respondi:

— Amanhã temos aula, Jason. Não vou ao observatório.

— Quem não vai ao observatório? — perguntou meu pai, colocando a cabeça por cima do ombro de Jason.

— Oh, olá, Sr. Landry — cumprimentou Jason se virando. — Steph e eu só estamos conversando.

— Dá para perceber — disse meu pai usando um tom de voz bem jovial para não assustar o adolescente no quarto da filha. Exceto que não tinha nada a ver, porque era só Jason. — E o carro novo?

— É demais — afirmou Jason. — Esta manhã eu limpei as lâmpadas do painel. Agora elas estão brilhando como novas.

— Que bom — elogiou papai.

E os dois começaram a conversar sobre carros.

Meu Deus, os caras às vezes são tão chatos.

Observe as pessoas do seu círculo social que são mais populares do que as demais.

Analise-as atentamente.

Veja aonde vão.

Observe o que fazem e como se comportam.

Analise o que vestem.

Ouça o que falam.

Essas pessoas são os modelos a serem seguidos. Sem "copiá-las" (ninguém gosta de um macaco de imitação!), tente apenas se comportar mais como elas.

 *Sete*

**AINDA FALTA UM DIA E CONTANDO
DOMINGO, 27 DE AGOSTO, 21H**

Bem, então é isso. Está tudo pronto. Tenho:

1. Minha calça jeans escura *stretch* (nem muito apertada, nem larga demais).
2. Calças de veludo justas em várias cores.
3. *Twin sets* simples e versáteis em diversos tons alegres.
4. Roupa de ginástica (com capuz) — nada de calças de corrida, porque os cadarços na cintura chamam atenção para o meio do corpo.
5. Jaquetas de sarja ou veludo ajustadas na cintura para revelar o corpo violão.
6. Saias na altura do joelho (uma tipo cargo); minissaias (mas nada de micromini... Deixe isso para Darlene Staggs).
7. Várias blusas e camisas (mas nada de barriga de fora — uma garota deve guardar ALGUM segredo

para a piscina ou para aquela pessoa especial), incluindo blusas decotadas e drapeadas.
8. Sapatos de bico redondo como os Mary Janes; botas com saltos elegantes, tênis pequenos e delicados.
9. Casacos justos para saídas informais e casaco com uma imitação elegante de pele no colarinho para eventos mais formais; cachecóis de cashmere e luvas combinando para o inverno.
10. Vestidos (nada revelador demais, saia na altura dos joelhos) pretos ou rosa para as festas.

É claro que tive de modificar ALGUNS dos conselhos do Livro. Tipo assim, O Livro é bem antigo. Eu não achei que um espartilho ou um treco chamado calça pescador seria adequado para os corredores da Bloomville High.

Sem mencionar que se eu começasse a usar luvas brancas para a noite (mesmo imaculadamente brancas), eu não ganharia nenhum ponto no quesito moda com Lauren e suas amigas.

Então, obviamente, tive de improvisar no lance das roupas.

Mas com a ajuda de umas duas revistas de moda adolescente e suas dicas para volta às aulas, acho que me saí muito bem. Sabe, Deus abençoe a loja de departamentos T.J. Maxx, é tudo o que posso dizer. Ah, e também os *outlets* de Dunes, aonde os pais de Becca nos levaram em um fim de semana de julho. De que outra forma eu poderia ter comprado blusas da Benetton por 15 dólares?

De qualquer forma, acho que estou pronta para tudo. Amanhã de manhã — e todas as manhãs pelo resto da minha vida, de acordo com as instruções do Livro —, eu terei de:

1. Tomar banho — lavar os cabelos e passar condicionador, esfoliar e depilar as pernas e as axilas e depois hidratar o corpo.
2. Usar desodorante (do tipo de secagem rápida para não deixar manchas indesejáveis nas blusas).
3. Passar fio dental E escovar os dentes (sendo que o clareador Crest Whitestrips deve ser aplicado por meia hora todas as manhãs e antes de dormir).
4. Aplicar musse, produto para cabelo frisado, fazer escova e usar chapinha.
5. Colocar roupas íntimas limpas, incluindo sutiã que se ajuste de forma perfeita (graças à vendedora da liquidação da Maidenform que me mediu de forma correta, diferente de mamãe) e faça com que eu pareça ser um tamanho maior do que o tamanho (errado) que eu costumava usar.
6. Usar sapatos limpos.
7. Certificar-se de que as unhas estão limpas, lixadas, com uma fina camada de base. Nada de pontas, cutícula ou peles puxadas (verificar a viabilidade de fazer a unha toda semana com uma manicure).
8. Usar maquiagem perfeita — base com fator de proteção mínimo de 15 deve ser aplicada suavemente sobre áreas problemáticas e de forma uniforme por todo o rosto. Usar corretivo para ocultar qualquer espinha ou cravo (que devem ser controlados com o uso de uma pomada, prescrita pelo pai de Jason. Como rotina antes de dormir, sempre lavar o rosto, usando substâncias adstringentes e aplicando peróxido de benzoíla antes de ir para a cama) e olheiras; batom ou gloss

de longa duração, apenas um sutil rosa claro; delineador (aplicado de forma suave, tons claros, como cinza ou lavanda); rímel à prova d'água.
9. Certificar-se de que a roupa está passada, que tudo combine e que não esteja aparecendo nada que não deva aparecer. SEPARAR AS ROUPAS NA NOITE ANTERIOR!!!
10. Escolher os acessórios — brincos (SOMENTE pequenas contas ou argolas). Apenas um cordão, se quiser; relógio em um pulso, pulseiras (se quiser) no outro; nada de *piercings,* tornozeleiras, correntes na barriga, tatuagem (fala sério); mochila (pequena ou média, nova, sem rodinhas) preta ou marrom ou bolsa de ombro (também preta ou marrom), uma pequena bolsa, SÓ SE FOR de grife.

Ufa! Isso é demais para uma pessoa não matinal como eu.

Mas acho que se eu começar às 6h45, terei tempo suficiente para comer uma barra de cereais ou qualquer outra coisa assim no café da manhã antes de me encontrar com Becca e Jason na B às 8h para que cheguemos às 8h10 para o primeiro sinal. Posso comprar uma Coca Light na máquina do ginásio para a minha dose de cafeína matinal.

Minha mãe entrou no meu quarto e sentou na cama ao meu lado.

— Como você está, querida? — perguntou ela. — Tudo pronto para o colégio amanhã? Grande dia... Nem acredito que minha filha está no ensino médio!

— É, mãe — respondi. — Está tudo ótimo. Não se preocupe.

— Você é a única com quem não me preocupo — contou mamãe, dando tapinhas na minha perna. — Sei que você é centrada.

Então ela notou a roupa que estava pendurada na porta do meu armário.

— Bem — disse ela. — Essa roupa é nova.

Ela não disse isso em um tom que indicasse que era uma coisa boa.

Minha mãe é engraçada. Tipo assim, eu tentei explicar a ela que uma calça da Wrangler não é igual a uma da Calvin Klein. Tentei dizer a ela que "apenas ignorar Lauren" no colégio quando ela começou com o lance de "Não dê uma de Steph Landry" não estava funcionando.

Mas mamãe — e papai também — pareciam não entender. Acho que é porque ela nunca ligou para esse negócio de ser popular no colégio. Ela só gostava de ler. Ela sempre quis ter uma livraria, assim como meu pai sempre sonhou em ter seus livros de mistério publicados (um sonho que ainda não se tornou realidade).

Tentei explicar a ela que a questão não é ser popular. O que quero mesmo é dar às pessoas a oportunidade de *gostarem* de mim, uma chance que Lauren arruinou naquele dia em que estávamos na sexta série.

Mas ela não entende por que eu quero que pessoas como Lauren Moffat gostem de mim, porque elas são intelectualmente inferiores quando comparadas comigo.

E é por isso que não posso contar a ela sobre O Livro. Ela nunca entenderia.

— Creio que você pediu dinheiro emprestado ao seu avô para comprar isso — disse ela ainda olhando para a roupa.

— Hã — respondi, surpresa. — Foi.

Minha mãe, percebendo meu olhar inquisidor, deu de ombros.

— Bem, tenho certeza que você nunca mexeria nas suas economias para comprar roupas novas — explicou mamãe.
— Isso não seria possível em termos fiscais.

Senti-me muito mal. Sei o quanto mamãe está aborrecida com o pai dela.

— Espero que não se importe — disse eu. — Quero dizer, que eu ainda converse com vovô.

— Oh, querida — riu mamãe, inclinando-se para mim e tirando o cabelo que costumava cair sobre o meu olho (de um modo que o Christoffe, o principal cabeleireiro do salão Curl Up and Dye, assegurou para mim que é super na moda. Da última vez que o vi, ele insistiu que eu tenho um "ar travesso" e disse "Você é despojada! O resto daquelas meninas do seu colégio com o cabelo no meio das costas está por fora. Você tem uma aparência que diz 'sou sofisticada'"). — Você e seu avô se parecem muito — continuou mamãe. — Seria um crime separar vocês dois.

Gostei de ouvir isso. Mesmo que mamãe esteja zangada com vovô, fico feliz de saber que ela acha que eu me pareço com ele. E eu quero ser como vovô. Exceto pelo bigode.

— Não sei por que vocês não podem fazer as pazes — reclamei. — Sei que ainda está zangada por causa do lance do Super Sav-Mart. Mas não é como se vovô tivesse usando o dinheiro para ele mesmo. Ele construiu o observatório e o doou para a cidade.

— Ele não fez isso pela cidade — disse mamãe. — Ele fez para *ela*.

Opa! Acho que mamãe não gosta *mesmo* de Kitty.

Ou talvez ela só não goste do fato de vovô ter parado de fumar por causa dela e não por causa de vovó, mesmo quando ela já estava com câncer.

No entanto, uma vez meu pai me contou em segredo que a vovó era uma mulher muito briguenta e que era por isso que mamãe passava tanto tempo lendo quando era criança. Ela precisava se afastar das reclamações e críticas constantes de vovó.

Ainda assim, mesmo que sua mãe fosse uma encrenqueira daquelas, você não ia querer que seu pai saísse por aí falando que finalmente conquistara a garota dos sonhos dele, que era como vovô costumava falar de Kitty.

— Essa cidade precisa mesmo é de um centro recreativo para as crianças — reclamou mamãe. — Para que vocês não precisem passar as noites de sábado dirigindo pela Rua Principal ou ficar sentados naquele muro, ou deitados no gramado da colina com todos aqueles bichos-de-pé. Se o vovô realmente queria ser um filantropo, era isso que deveria ter construído, e não um planetário.

— Observatório — corrigi. — E entendo o que você está dizendo. Mas mesmo assim você e papai não vão *mesmo* ao casamento?

O casamento de vovô com Kitty será o evento do ano. Metade da cidade foi convidada e vovô me contou que já gastou 50 mil dólares. Mas ele disse que vale a pena, já que está se casando com a garota dos sonhos dele.

Mas sempre que ele diz isso, minha mãe aperta os lábios. "Kitty Hollenbach nunca perdeu um segundo sequer com ele", ouvi minha mãe falando um dia. "E agora que ele ficou milionário, de repente ela começa a dar em cima dele."

O que não é uma descrição muito boa de Kitty, que, na verdade, é uma senhora muito legal que sempre pede um Manhattan como drinque, quando vovô leva Jason, ela e eu para jantarmos no Country Club. Vovó, até onde sei, achava que o consumo de qualquer bebida alcoólica era um pecado e sempre dizia isso a vovô, que, diga-se de passagem, não é nenhum abstêmio.

— Veremos — foi a resposta de mamãe para a minha pergunta sobre o casamento.

Mas eu sei o que "veremos" significa. Na minha família dizer isso é o mesmo que dizer "nem que a vaca tussa" e, nesse caso, não há como fazer mamãe mudar de ideia e ir ao casamento do próprio pai.

Acho que consigo entender por que ela está tão zangada. Realmente é muito complicado para as pequenas empresas locais competir com lojas como a Super Sav-Mart, que vende os mesmos produtos por muito menos, e tudo no mesmo local, fazendo com que os compradores não precisem circular pela cidade atrás do que desejam.

Por outro lado, a Super Sav-Mart vai precisar de alguém para gerenciar a seção de livros da nova loja, e quem melhor do que mamãe para isso?

Só que mamãe disse que prefere comer o pão que o diabo amassou do que aceitar usar aquele avental vermelho da Super Sav-Mart.

— Bom, querida, boa-noite — desejou mamãe, levantando-se da cama com esforço e caminhando para porta. — Vejo você amanhã.

— Boa-noite.

Eu não disse o que realmente queria dizer, que era: "Se você pedisse ao vovô o dinheiro para expandir a loja e abrigar uma lanchonete, para que pudéssemos tomar um café, que é o que a Courthouse Square Books precisa para acabar com a Super Sav-Mart, ele daria. E então você não precisaria mais se preocupar com o avental vermelho."

E não disse porque sei que, se aceitasse o dinheiro, ela saberia que teria de ser gentil com Kitty.

E isso a mataria.

Espere! Seu cabelo e suas roupas podem estar perfeitos, mas sua transformação não estará completa sem isto:

A única coisa que você pode usar nesta ou em qualquer outra estação, que está sempre na moda e vai fazer você ficar ótima é *autoconfiança*.

Autoconfiança é um acessório que ninguém deve deixar em casa.

As pessoas se sentem naturalmente atraídas por líderes e os líderes são os que possuem muita autoconfiança.

Oito

DIA D
SEGUNDA-FEIRA, 28 DE AGOSTO, 9H

— Bom-dia, Lel... O que aconteceu com *você*?

Esse foi o modo como Jason me cumprimentou quando entrei no banco de trás da B esta manhã.

— Nada — respondi de forma inocente, enquanto fechava a porta.

Percebi imediatamente que o CD com a compilação de músicas de 1977 havia sido trocado assim que os acordes dos Rolling Stones chegaram aos meus ouvidos.

— Por quê? Há algo errado?

— O que aconteceu com o seu cabelo?

Jason virou-se no acento, em vez de apenas me olhar pelo espelho retrovisor.

— Ah! Isso? — Eu ajeitei a franja para me certificar de que ela caía de forma sexy sobre um olho, da maneira como Christoffe queria. — Eu só fiz chapinha.

— Acho que ficou bom — disse Becca em tom indignado no banco da frente.

— Obrigada, Becca — agradeci.

Jason ainda estava virado para mim me olhando, enquanto Mick Jagger berrava pelos alto-falantes que não conseguia se satisfazer.

— Que tipo de MEIA é essa? — perguntou Jason.

— Meias sete oitavos — expliquei, paciente.

Mas por dentro comecei a me perguntar se tinha cometido algum erro. Todas as revistas de moda para adolescentes insistiam que essas meias vinham com tudo no outono.

Pela expressão no rosto de Jason, porém, eu poderia estar usando sapatos de palhaço.

— Elas são bonitas — afirmou Becca.

— Será que a sua saia é curta o suficiente? — perguntou Jason, com o rosto meio vermelho.

E a minha saia é mini e não micromini. Eu me perguntei se a mãe de Jason havia servido mingau de aveia quente no café da manhã. Ele sempre ficava chateado quando ela fazia isso, mas ela sempre tentava servir esse prato no primeiro dia de aula. Ela também costumava acrescentar uvas-passa. E nada desconcertava mais Jason do que uvas-passa — parece que ele teve uma experiência horrível envolvendo uma passa e a sua narina direita quando tinha 3 anos.

— É estilo — respondi, dando de ombros.

— E desde quando você liga para estilo? — gritou Jason.

— Uau! Muito obrigada — disse, fingindo estar ofendida. — Eu não estava tentando ficar bonita para o primeiro dia de aula nem nada.

— Acho que ela está muito bem — elogiou Becca.

Mas Jason não desistiria tão fácil.

— O que está acontecendo, Lelé? — perguntou ele, engatando a marcha do carro. — Qual é o plano?

— Que plano? — perguntei, me fazendo de boba. — E você não pode mais me chamar de Lelé, porque o meu cabelo não é mais bagunçado.

— Eu vou te chamar de Lelé sempre que eu quiser — respondeu Jason de mau humor. — Agora, qual é o lance?

Não importava o quanto eu afirmasse que não tinha lance nenhum (embora fosse óbvio que havia um plano), Jason não acreditou em mim.

E quando paramos no estacionamento da escola bem atrás de certo conversível vermelho e Lauren Moffat saiu de dentro dele, Jason chegou a ponto de explodir.

— Ela está usando esse mesmo tipo de meia! — gritou ele, mas felizmente ainda estávamos dentro do carro, então Lauren não o ouviu.

Olhei para ela e, aliviada, percebi que as revistas de moda estavam certas... As meias sete oitavos estavam na moda. Caso contrário, Lauren Moffat não as usaria.

Só que as minhas eram azul-marinho e as de Lauren, brancas.

O que era uma violação clara das regras rígidas de moda do Livro, que diz que meia-calça branca só deveria ser usada por enfermeiras, porque cores claras tinham uma tendência de fazer com que as pernas parecessem mais grossas do que realmente eram.

Percebi que era verdade, enquanto Lauren andava pelo estacionamento com o telefone celular colado na orelha. As pernas, em geral bem torneadas, agora pareciam grossas como as de um elefante. Tudo bem, mais ou menos.

— A que ponto o mundo chegou? — suspirou Jason enquanto nos arrastávamos até a entrada de trás da Bloomville High (a primeira vez que fazíamos isso, já que nos anos anteriores o ônibus nos deixava na entrada da frente). — Quando Steph Landry e Lauren Moffat se vestem de forma parecida?

— Nossas roupas não são parecidas — afirmei, abrindo a porta. — Ela está usando uma micromini e a minha é só...

Mas eu não tive chance de terminar, pois as minhas palavras foram rapidamente engolidas pelo barulho que reinava dentro do colégio. Combinações de cadeado. Portas de armário sendo fechadas. Garotas que não se viam desde o fim das aulas dando gritinhos enquanto se cumprimentavam. Os caras batiam nas mãos uns dos outros em um cumprimento masculino. Os professores estavam na porta de suas salas, segurando xícaras de café fumegante enquanto conversavam com outros professores. A vice-diretora Maura Wampler — ou Atolada Wampler, como costumava ser chamada — estava na frente da administração do colégio, gritando de forma infrutífera:

— Vão para as suas salas! Estejam nas salas antes do segundo sinal! Vocês não vão querer uma advertência logo no primeiro dia de aula, não é?

— Posso sentar com você na reunião de boas-vindas? — gritou Becca para ser ouvida.

— Vejo você lá — respondi gritando também.

— Ainda não terminamos, Lelé — disse Jason quando chegou ao seu armário e eu continuei andando até o meu. — Você está planejando alguma coisa e eu vou descobrir o que é!

Não pude deixar de rir.

— Boa sorte — desejei a ele e continuei o meu caminho.

Enquanto eu me aproximava do meu armário, parecia que o barulho das vozes foi diminuindo. O que parecia impossível, pois o meu armário ficava em um lugar onde dois corredores se ligavam, além de ser perto de um banheiro feminino e de um bebedouro, sem mencionar as portas que levavam à cantina no andar de baixo. Em geral, esse é o canto mais barulhento do colégio.

Mas hoje, por algum motivo, o corredor parecia estranhamente silencioso, enquanto eu passava. E não era, como eu adoraria acreditar, porque eu estava linda com as minhas roupas novas e meu novo corte de cabelo, que todo mundo estava em um silêncio chocado, como quando a Drew Barrymore apareceu com a roupa de anjo no filme *Para sempre Cinderela*.

Na verdade, o barulho devia ser o mesmo de sempre. Mas as coisas PARECIAM mais silenciosas.

E isso porque Mark Finley tinha acabado de entrar no meu campo visual.

O armário de Mark é em frente ao meu. Ele estava lá conversando, com uns outros caras do time de futebol quando eu passei. Com a camisa roxa e branca do time, ele parecia bronzeado e relaxado e o cabelo castanho-claro apresentava um tom dourado em alguns pontos devido ao sol que pegara no lago durante o verão. Os olhos castanho-claros pareciam mais brilhantes contra a pele bronzeada do rosto.

É claro que não tirei os olhos dele. Bem, que garota tiraria?

E com aquele pedaço de mau caminho parado na minha frente eu acabei não vendo que Lauren Moffat e as Damas Negras Sith — Alyssa Krueger e Bebe Johnson — estavam ao lado do bebedouro, me olhando.

— O que — perguntou Lauren, me olhando de cima a baixo, desde o meu corte de cabelo descolado e sofisticado até o meu sapato plataforma Mary Jane — VOCÊ está tentando ser?

Felizmente, na noite passada, eu tinha lido a parte do Livro que lidava com questões de ciúmes, então eu sabia muito bem o que fazer.

— Oh, olá, Lauren — disse eu, com um sorriso brilhante no rosto. — Você se divertiu nas férias?

O olhar incrédulo de Lauren passou de Alyssa para Bebe, voltando, em seguida, para mim.

— O quê? — perguntou ela.

— O verão. — Eu estava rezando para ninguém notar como a minha mão tremia, enquanto eu girava a combinação do armário. — Como foi? Espero que tenha sido bom. Sua mãe gostou dos livros?

Lauren estava boquiaberta. Eu conseguia ver claramente que a tinha tirado do sério. Pois em todas as nossas conversas anteriores — desde o incidente com a Fanta Uva, pelo menos —, ela sempre falava alguma coisa cruel para mim e eu simplesmente ficava em silêncio.

O fato de que dessa vez eu estava respondendo — e de um modo que deixava bastante claro que eu não iria me abater — fez com que ela ficasse sem saber o que fazer.

— Espero que tenha gostado — falei.

Lauren apertou os olhos azuis.

— *De quê?* — perguntou ela novamente, parecendo muito irritada.

— Dos livros, que ela comprou na nossa loja — respondi.

Naquele momento — graças a DEUS — o sinal tocou. Fechei a porta do armário, coloquei a minha bolsa nova de grife no ombro e disse:

— Bem, vejo você na reunião.

E me apressei pelo corredor, passando bem na frente de Mark Finley, que, devo dizer, não parava de olhar na minha direção. Não sei se porque ele prestou atenção na conversa que tive com a namorada dele ou — mesmo sabendo que isso era esperar demais... mas O Livro disse que otimismo é crucial para qualquer interação social — porque ele tinha notado as minhas meias sete oitavos.

De qualquer modo, nossos olhares se cruzaram quando eu passei por ele.

Sorri e disse:

— Olá, Mark. Espero que o seu verão tenha sido bom.

Essa foi a primeira vez na vida que falei com Mark.

E acho que minhas palavras surtiram efeito. Porque quando passei por ele o ouvi perguntar:

— Quem era aquela?

E ouvi Lauren responder, azeda:

— *Aquela era a Steph Landry, seu idiota.*

Oh, sim. Eu dei uma de Steph. Pode crer que sim.

Mas pela primeira vez na vida, eu me sentia ÓTIMA com isso.

Agora que você já tomou providências quanto ao seu guarda-roupa, é hora de trabalhar a sua personalidade.

Você é extrovertida? É uma pessoa que gosta de estar com outras pessoas? Se não for, você PODE se tornar uma.

Como?

Inscrevendo-se em clubes e atividades pelos quais se interesse.

As pessoas se sentem atraídas por aqueles que têm a habilidade de fazê-las se empolgar por alguma coisa — seja uma simples lavagem de carro, um show de rock alternativo ou um baile do colégio!

Então, inscreva-se em quantas atividades sociais sua agenda permitir... E mostre aos seus colegas quem você é!

O entusiasmo é contagiante e VOCÊ está prestes a ser também.

AINDA O DIA D
SEGUNDA-FEIRA, 28 DE AGOSTO, 11H

— Isso é tão chato — afirmou Jason enquanto seguíamos para o nosso lugar de sempre, na última fila do auditório, onde, no ano passado, eu tivera a excelente ideia de deixar latinhas de refrigerante rolarem pelo chão, durante o discurso da diretora. Como o piso é de cimento, fez bastante barulho.

Ninguém nunca suspeitou de nós porque somos excelentes alunos. A Sra. Wampler gritou com uns caras totalmente inocentes na fileira na frente da nossa, só porque são alunos mais voltados para horticultura (ou seja, não são comprometidos com o colégio). Ela também os teria colocado de castigo, se eu não tivesse aberto uma das minhas latas de Coca Light bem nesse momento, fazendo com que o rosto da Sra. Atolada ficasse vermelho e ela gritasse "QUEM FEZ ISSO?" e eu sentisse câimbra do lado do corpo de tanto rir.

— Tenho uma ideia — disse antes que Jason pudesse sentar. — Por que não vamos um pouco mais para a frente?

Entusiasmo é contagioso. Pois sim. Becca começou a perguntar:

— Ei, isso faz parte de um plano malévolo de sua mente criminosa?

— Hã — respondi. — É.

— Como vou fazer para as latinhas rolarem se sentarmos na frente? — quis saber Jason.

— Não vamos fazer isso — expliquei, escolhendo três lugares vagos em uma das fileiras da frente.

— Seja qual for o seu plano — avisou Jason quando percebeu como estávamos próximos da Sra. Wampler e dos outros administradores do colégio. — É melhor que valha a pena. Tipo assim, teremos de prestar atenção no que estão dizendo.

— Exatamente — disse eu, sentando perto do corredor.

— Acho que não entendi — disse Jason, balançando a cabeça. — Primeiro o cabelo, depois as meias e agora isto. Será que você bateu com a cabeça nesse verão e eu não fiquei sabendo?

— Psiu — disse eu, porque a Sra. Wampler estava começando a assembleia. Era assim que chamávamos quando todos tínhamos de ir ao auditório ouvir ex-viciados em drogas e pessoas que mataram amigos em acidentes de carro falarem sobre suas experiências.

Enquanto Atolada tentava fazer com que todos ficassem quietos ("Silêncio, gente. Por favor, silêncio!", repetindo isso várias vezes no microfone), eu observei os populares se sentarem nas primeiras fileiras, bem à nossa frente. Lá estava Alyssa Krueger, usando uma calça jeans da Juicy Couture e uma camiseta brilhosa, entrando no auditório, montada nas costas largas de Sean de Marco e rindo de forma histérica.

Lá estava Bebe Johnson, falando sobre nada, em sua voz alta demais, como de costume.

E lá estava Darlene Staggs, como sempre cercada por garotos. Um deles disse algo que ela achou engraçado, porque ela jogou a cabeça para trás e começou a rir, o cabelo castanho-mel descendo pelas costas como uma cascata. Todos os outros garotos olharam, embevecidos, os peitos dela, que realmente eram imponentes, enquanto ela se sacudia. Quer dizer, ria.

E então, um pouco antes de o sinal tocar, Lauren Moffat entrou de mãos dadas com Mark Finley. Eles não estavam se olhando — nada de olhares profundos tipo "Amo você... Não, eu é que amo". Em vez disso, contemplavam o mar de rostos das pessoas que estavam sentadas no auditório enquanto passavam pelo corredor, como um casal de noivos sorrindo e cumprimentando as pessoas que conheciam no casamento, ou um rei e uma rainha cumprimentando os súditos.

O que, de certa forma, é exatamente o que Mark e Lauren são: o rei e a rainha do nosso colégio. Mesmo que Jason — que seguira o meu olhar e viu para quem eu estava olhando, emitindo um barulho muito rude — não queira admitir.

Assim que Lauren e Mark se sentaram — na primeira fila, já que Mark, como presidente sênior de turma, teria de subir ao palco para nos dar as boas-vindas e falar sobre as atividades da escola, além de falar sobre a arrecadação de fundos para os formandos irem ao parque de diversões Kings Island na primavera, uma tradição para as turmas de último ano da Bloomville High — e o diretor Greer finalmente se aproximou do microfone, as hordas barulhentas ficaram em silêncio. Todos calaram a boca porque o diretor Greer, que joga golfe, tem um minigolfe no escritório, para treinar as jogadas —

pelo que dizem, sem se importar se há alguém sentado na sala dele ou não. Tem um cara que trabalha no lava-carros que só tem um olho e todo mundo diz que o Dr. Greer foi quem causou aquilo no dia em que o cara foi mandado à sua sala por xingar Atolada Wampler.

O Dr. Greer começou o discurso de boas-vindas.

— Bem-vindos a mais um ano na Bloomville High...

E Jason se abaixou no banco ao meu lado, colocando os pés no encosto da cadeira da frente, fazendo com que a pessoa sentada ali — Courtney Pierce, a chata da turma — virasse, olhando de cara amarrada para ele. Jason respondeu:

— O que foi? Não estou nem encostando em você. — Uma frase que ele aprendeu com o meu irmão mais novo, Pete.

Ao lado de Jason, Becca, claramente entediada, tirou uma caneta roxa cintilante que ela colocou na minha conta de funcionária da loja ($1,12, ou seja, $0,73 com o meu desconto de 35%) e começou a desenhar estrelinhas no tênis de cano longo de Jason.

E ele, depois de me lançar um olhar chocado (como se dissesse: "Viu o que a sua amiga louca está fazendo?"), só ficou ali parado deixando que ela continuasse. Como se tivesse medo de que, se se mexesse, ela pudesse enfiar a caneta no braço dele ou algo assim.

Depois do discurso sem graça do Dr. Greer sobre como devíamos usar o novo ano na escola para realizar todo o nosso potencial, foi a vez de Atolada ler os principais pontos do código de conduta dos alunos: nada de cola, violência, assédio de qualquer tipo, ou o aluno será expulso e terá de ir para a Culver Military Academy ou um outro colégio alternativo.

Era difícil saber o que seria pior. Na Culver, você seria forçado a acordar ao raiar do dia e fazer exercícios. No colégio alternativo, você seria obrigado a fazer performances mostrando os seus sentimentos em relação à guerra. Era uma situação horrível de qualquer forma e o melhor mesmo era tentar não violar o código de conduta da Bloomville High.

Por fim, depois que ela olhou para o relógio desejando que já fosse a hora do almoço, passou o microfone para Mark Finley, que subiu ao palco e foi muito aplaudido por alguns alunos, o que fez com que algumas outras pessoas se ajeitassem no assento — como Jason.

— Fala sério — disse Jason, olhando para o tênis.

Além de estrelinhas, Becca tinha desenhado pequenos unicórnios.

— Não ficou fofo? — perguntou Becca, claramente satisfeita com a proeza artística.

— Fala sério — repetiu Jason, parecendo não ter achado os desenhos nem um pouco fofos.

Mas eu não tive tempo para lidar com o drama dos sapatos de Jason porque Mark começou a falar.

— Ei — disse a voz áspera e profunda, mas totalmente charmosa, de Mark no microfone, que ele acabara de ajustar para a sua altura, depois que a baixinha da Sra. Wampler se afastou, o que causou risos em alguns alunos. — Então, é. Há. Esse é um novo ano no colégio e vocês sabem o que isso significa... Os alunos que estavam no segundo ano no ano passado agora estão indo para o terceiro e último, e...

Nesse ponto ele foi interrompido por mais aplausos e gritos, enquanto os alunos do terceiro ano comemoravam por terem conseguido passar o verão sem se matarem em acidentes de carro ou batendo a cabeça no fundo de uma piscina (sem mencionar o lance de não beberem limonada com Alegria de Limão).

— Hã... é — disse Mark quando os alunos do terceiro ano pararam de gritar. — Então, vocês sabem o que isso significa. Temos de começar a arrecadar dinheiro para a viagem da primavera. Então precisamos de grana. Agora, sei que o pessoal do ano passado conseguiu cinco mil dólares com um lava-carros no final de semana. E proponho que façamos o mesmo. O pessoal do Red Lobster no shopping disse que poderíamos usar o estacionamento deles outra vez. Então? O que me dizem? Será que vocês estão a fim de lavar carros?

Mais aplausos, dessa vez acompanhados por assovios e gritos de "Vamu nessa, peixe", o que inevitavelmente despertava risos.

Fala sério, não sei como o mascote do nosso colégio pode ser um peixe Beta. Porque, em termos de mascote, peixes são um horror. Parece que teve alguma coisa a ver com o peixe cata-vento que fica no topo do prédio do tribunal e que alguns suspeitam ser um peixinho comum de água doce, que é bem comum no lago.

Mark olhou a plateia para ver se alguém tinha algo mais a dizer sem ser "Vamu nessa, peixe". Também olhei em volta.

Mas a única pessoa que levantou a mão foi Gordon Wu, o presidente da turma de primeiro ano (que só foi eleito porque não teve nenhum concorrente, já que a minha turma é um pouco — como dizer isso de forma gentil? — um pouco apática), que se levantou e pediu:

— Com licença, hã, Mark, mas eu estava me perguntando se não existe outro meio de conseguirmos arrecadar fundos, sem ser o lava-carros? Veja bem, alguns de nós podem preferir ter os sábados livres para, hã, fazer trabalhos de laboratório.

Esse comentário foi acompanhado pelas vaias que merecia e gritos de "Não dê uma de Steph, Wu!".

Eu realmente não podia acreditar na minha sorte... Entre todas as pessoas, alguém como Gordon Wu abriu o caminho para mim. E eu aproveitei sem hesitar, não dando tempo para Mark responder.

— Gordon levantou um ponto interessante — disse eu, me erguendo.

Então, Jason rapidamente tirou os pés do encosto da cadeira da frente. Ele pareceu não se dar conta do barulho alto que fez quando os pés bateram no chão de cimento do auditório. Em vez disso, ele falou com os lábios "O QUE VOCÊ ESTÁ FAZENDO? SENTE-SE AGORA MESMO!", enquanto Becca levou o dedo até a boca (ela rói as unhas) e olhou para mim com uma expressão horrorizada no rosto.

O auditório ficou no mais completo silêncio, enquanto todos os rostos se voltavam para mim. Eu podia sentir o calor subindo pelo meu rosto, mas tentei ignorar isso, pois sabia que a hora era essa. Era a minha chance de mostrar que tinha espírito escolar, depois de anos fazendo exatamente o que Jason estava fazendo segundos antes — cochilar — durante todas as reuniões relacionadas a eventos escolares das quais eu era forçada a participar e não aparecendo nas que eu não era obrigada.

Bem, as coisas iam mudar.

— Existem muitos alunos talentosos aqui — continuei, feliz por ninguém poder ver que os meus joelhos estavam tremendo (exceto Jason, mas ele não estava olhando para os meus joelhos). — Parece uma pena desperdiçar esse talento. Por isso, eu estava pensando que uma boa maneira de arrecadar dinheiro para os formandos seria fazer um leilão de talentos.

A plateia, que estava no mais completo silêncio, surpresa demais para falar alguma coisa, começou a cochichar. Vi os olhos de Lauren Moffat brilharem de satisfação por conta do que eu estava fazendo (pagando um mico em público... de novo), enquanto ela se inclinava para a frente para cochichar algo no ouvido de Alyssa Krueger.

— Deixem-me explicar — disse rapidamente antes que os cochichos virassem uma balbúrdia e eu não conseguisse mais falar. — Alunos como Gordon, por exemplo, que são muito bons com computadores, poderiam leiloar algumas horas de programação de computadores para um membro da comunidade.

Os cochichos ficaram mais altos. Eu podia sentir que as pessoas estavam ficando inquietas. Logo, logo, eu já sabia, ouviria um "Não dê uma de Steph". Ninguém ainda dissera a frase. E eu precisava convencê-los logo.

— Ou você, Mark — disse eu, olhando para o palco e encontrando o olhar calmo e castanho de Mark.

Eu me perguntei se ele fazia ideia do efeito devastador que o seu olhar tinha sobre a população feminina da Bloomville High.

São estranhas as coisas em que você pensa quando a sua vida está se esvaindo por entre os dedos.

— Sendo o zagueiro do time, Mark — continuei —, você poderia leiloar o seu tempo para fazer propaganda para alguma loja da comunidade. Acho que pagariam bem por esse tipo de apoio.

Notei que, na mesa atrás do palco, tanto a Sra. Wampler quanto o Dr. Greer me observavam. Atolada chegou a se inclinar e cochichar algo no ouvido do Dr. Greer, que, ainda olhando para mim, concordou com a cabeça. Eu me perguntei se ela sempre suspeitara de nós no incidente das latas de refrigerante rolando pelo auditório. Tentei ignorá-los.

— Eu só acho que temos tanta gente talentosa neste colégio — continuei.

Essa era a parte difícil. O Livro era muito explícito sobre não parecer insistente. Embora O Livro não fale exatamente dessa forma. O Livro chama isso de "implorar um favor". Em circunstância nenhuma se deve fazer isso.

Mas era muito difícil, como eu estava sentindo na pele, ser insistente, sem *parecer* estar insistindo.

— Seria uma pena não dar a todos a chance de brilhar naquilo em que os alunos são bons — concluí eu. — Em vez de obrigar todos a trabalhar... bem, no lava-carros.

Então, uma voz provocou:

— E você, Steph? Qual é o SEU talento?

E uma outra voz respondeu:

— Ah! Tomar Fanta Uva, claro.

Nem precisei olhar para ver que se tratava de Alyssa e Lauren. Eu conhecia bem aquelas vozes.

— O que não é o mesmo que dizer — continuei, consciente das risadas das pessoas sentadas perto de Alyssa e Lauren — que não devemos trabalhar também no lava-carros, além do leilão, para que as pessoas cujos talentos não são tão fáceis de vender possam participar da arrecadação de dinheiro.

Eu queria acrescentar "ou para as pessoas cujo único talento é do tipo que acaba levando você para cadeia, caso aceite dinheiro por ele", olhando direto nos olhos de Lauren ao dizer isso.

Mas O Livro é muito claro quando diz que se você quiser se MANTER popular, você não deve menosprezar os inimigos em público.

O que me faz perguntar se Lauren faz ideia de como o seu reinado de popularidade pode terminar.

— Mas acho que devemos considerar o leilão de talentos também — terminei e me sentei.

O que foi ótimo porque os meus joelhos estavam fraquejando e eu não teria conseguido ficar mais nem um minuto em pé. Sentei ali, sentindo o coração disparado no peito e olhei para Jason e Becca. Ambos estavam me olhando, ligeiramente boquiabertos.

— O que foi ISSO? — perguntou Jason em um tom gentil. — Desde quando você liga...

Mas eu não consegui ouvir o resto, pois Mark estava batendo no microfone para chamar a atenção de todos, porque todo mundo tinha começado a falar ao mesmo tempo depois que me sentei.

— Hã, tudo bem. Obrigada, hã, hum...

— *Steph Landry!* — gritou Lauren do seu lugar, onde ela estava morrendo de rir com suas meias altas brancas.

— Obrigada, Steph — agradeceu Mark.

Ele olhou para a Sra. Wampler e para o Dr. Greer. Ambos acenaram em concordância.

O que *aquilo* queria dizer? Será que eles tinham gostado da minha ideia?

Ou que Mark deveria me ignorar e continuar o seu discurso?

— Hum, eu acho que, hã... é... leilão de talentos — gaguejou Mark, com os olhos castanho-claros presos em mim, não *me queimando* ou algo assim, mas olhando diretamente para o local onde eu tinha me sentado porque estava morrendo, não de rir, mas de vergonha. — Parece uma ótima ideia.

— *O QUÊ?*

A pergunta — que saiu da boca de Lauren — atravessou o auditório parecendo uma explosão de uma pistola anunciando o início de uma corrida.

Todos olharam para Lauren, que trazia no rosto uma expressão horrorizada que chegava a ser cômica.

Ou pelo menos eu achei que era cômica.

Mark olhou de Lauren para mim, com uma expressão confusa no rosto que indicava claramente que ele, Mark Finley, não fazia a menor ideia de qual era o problema de sua namorada.

— Ótimo — disse Mark para mim. — Então, tudo bem se ficar responsável pela inscrição do pessoal para o leilão, Steph? Para o lance... dos talentos?

— Claro — respondi.

— Ótimo — disse Mark de novo. — Então tudo o que nos resta a fazer é a Comemoração do Fighting Fish de Bloomville...

E então Mark puxou o hino do colégio e nos fez fazer aquela coisa ridícula com os braços, batendo um contra o outro, para fazer o som do rabo de um peixe na água.

E o sinal tocou.

Não se surpreenda se alguns poucos amigos se ressentirem da sua recém-conquistada autoconfiança e tentarem minar seus esforços de crescimento pessoal.

Sem dúvida, eles estão com inveja ou talvez preocupados quanto ao seu status social, considerando o crescimento meteórico de sua popularidade. Esforce-se para acalmar o medo deles e deixe que seus antigos amigos saibam que sempre serão importantes para você. Tão importantes quanto os novos amigos.

Dez

AINDA O DIA D
SEGUNDA-FEIRA, 28 DE AGOSTO, 13H

Todos saíram para almoçar.

Todos, exceto eu.

E Jason e Becca, porque eles não podiam passar, porque eu não tinha me mexido.

Mas é claro que eu não CONSEGUIA me mexer. Porque meus joelhos ainda estavam bambos por causa do que tinha acabado de acontecer.

E as coisas não ficaram muito melhores quando as pessoas começaram a passar por nós e gente como Gordon Wu parava ao meu lado e dizia coisas como "Ótima ideia, Stephanie" ou "Você acha que posso leiloar aulas de desenho para crianças? Porque eu sei desenhar. Isso vale como um talento?"

Até mesmo o Dr. Greer parou ao meu lado e disse com o seu jeito de jogador de golfe:

— Uma ótima sugestão, Tiffany. É bom ver que você está começando a participar das atividades escolares. Talvez seus amigos queiram seguir o seu exemplo.

Ele lançou um olhar para Jason e Becca.

— É Stephanie — corrigiu Jason, quando o Dr. Greer já estava saindo. — O nome dela é Stephanie.

Mas o Dr. Greer pareceu não ouvir.

Não que isso importasse. Quem ligava para o fato de o diretor saber ou não o meu nome? Mark Finley sabia.

E isso era só o que importava.

Eu sabia que Mark Finley sabia o meu nome porque quando ele passou pelo corredor perto de onde eu estava sentada, ele sorriu e acenou para mim.

— Ideia legal, Steph — elogiou ele. — Vejo você mais tarde.

Tudo bem que o braço dele estava sobre o ombro de Lauren Moffat quando ele disse isso.

Mas só porque ela pegou o braço dele e o colocou ali. Eu VI ela fazendo isso. Ela estava esperando Mark descer do palco e se jogou em cima dele assim que o pé dele tocou o piso de cimento do auditório.

E é claro que ela me olhou com desprezo quando passou, mesmo que o cara a quem ela abraçava pelo quadril estivesse sorrindo para mim.

Quem liga? MARK FINLEY ESTAVA SORRINDO PARA MIM.

Que foi exatamente o que Becca disse depois que todos saíram.

— Mark Finley sorriu para você. — O tom de sua voz era quase reverente. — Ele SORRIU. Para VOCÊ. De um jeito BOM.

— Eu sei.

Eu podia sentir as forças começarem a voltar lentamente pelas minhas pernas.

— Mark Finley — murmurou Becca, sonhadora. — Tipo, ele é... o cara mais popular do colégio.

— Eu sei — repeti.

Quando está vazio, o auditório é bem diferente de quando está cheio. O lugar fica quase tranquilo e podemos ouvir o eco de nossas vozes.

— Mas que droga! — explodiu Jason que, até aquele momento, tinha se mantido estranhamente quieto. — Qual é o problema com você, Steph? Será que alguém colocou drogas no seu cereal hoje de manhã ou algo assim?

— O quê?

Eu estava tentando agir como se não soubesse do que ele estava falando. Incluindo o lance das drogas no cereal.

— Não venha com essa para cima de mim — respondeu Jason. — Você sabe exatamente DO QUE estou falando. Leilão de talentos? E o que deu em você para se oferecer para participar de um? Qual é a de mostrar seu ESPÍRITO ESCOLAR?

A essa altura, minhas pernas tinham parado de tremer e eu já conseguia ficar em pé.

— Eu só queria ajudar — afirmei. — Porque alguém vai fazer o mesmo quando for a nossa vez de ir para Kings Island no ano que vem.

— Você odeia o Kings Island — replicou Jason, pulando a cadeira em que estava sentado. — Você vomitou no canal da última vez que fomos lá e se recusou a ir a qualquer outro brinquedo.

— E daí? — perguntei, dando de ombros. — Isso quer dizer que não posso tentar ajudar os outros a aproveitarem algo, só porque eu não gosto de altura?

— É isso aí — respondeu Jason, andando atrás de mim, assim que comecei a andar pelo corredor em direção à saída.

— Porque ao fazer isso você está perigosamente perto de mostrar um espírito escolar. E você não tem espírito escolar.

— Na verdade — declarei —, eu tenho pensado bastante sobre isso e...

— Ah, não — suspirou Jason, chegando até a porta antes de mim e barrando a minha passagem com o corpo para me impedir de sair sem antes ouvir o que ele tinha a dizer. — Nem tente vir com essa para cima de mim, Steph. Como você pode querer ajudar essas pessoas a se divertirem e ter uma boa viagem de formatura quando tudo que fizeram para você foi infernizar a sua vida?

— Não foram eles — expliquei. — Foi Lauren. E ela não vai para Kings Island.

— E daí? — perguntou Jason. — Ela é sua inimiga e essas pessoas são amigas dela. Logo, também são suas inimigas.

Eu só fiquei ali parada, olhando para ele. Não que eu tivesse muita escolha, porque ele estava bloqueando o caminho.

— Você está sendo infantil sobre tudo isso, Jason — tentei argumentar. — Não há nada de errado em mostrar um pouco de espírito escolar e tentar ajudar os outros que podem estar precisando. Só temos mais dois anos neste colégio. Acho que devíamos tentar aproveitar o pouco tempo que nos resta.

Pelo menos é isso que está escrito no Livro. Sabe, como você deve tentar aproveitar os anos em que está no ensino médio, porque você nunca terá isso de novo.

É claro que Jason não leu O Livro. Mas, considerando a reação dele, ficou óbvio para mim que o que eu acabara de dizer não fez a menor diferença.

Porque logo em seguida ele colocou a mão na minha testa como se estivesse sentindo a minha temperatura para ver se eu estava com febre.

— Você acha que ela está quente, Becca? — perguntou ele. — Porque eu acho que ela deve estar passando mal. Febre de Lassa ou Marburg. Ou isso, ou ela foi abduzida e substituída por um clone muito inteligente. Um clone! — Ele tirou a mão da minha testa e me olhou nos olhos. — Diga o nome do jogo que Steph Landry e eu costumávamos jogar na lama que tiravam quando estavam cavado a piscina da minha casa, quando nós dois tínhamos 7 anos ou eu saberei que você é uma alienígena que colocou a verdadeira Steph na nave-mãe!

Olhei para ele.

— Comandos em Ação encontra Barbie — respondi. — Você está sendo ridículo. Pare com isso. Temos de ir. Vamos acabar ficando sem almoço.

Por fim, Becca decidiu dizer algo:

— Pensei que íamos almoçar fora. Sabe, agora que Jason tem carro e tudo.

— Não podemos SAIR para almoçar — expliquei para ambos. — Será que vocês não entendem? A hora do almoço é a hora mais importante do dia para interação social no colégio.

Assim que as palavras acabaram de sair da minha boca, eu percebi o que tinha acabado de dizer. Era uma citação literal do Livro.

Mas Jason e Becca não sabiam nada sobre O Livro. Então é natural que tenham achado a explicação desconcertante, já que eu não costumava falar dessa forma. Mesmo antes de acabar de falar, eu percebi que eles estavam confusos.

— O que quero dizer é que eu não posso simplesmente não aparecer lá — argumentei usando um tom de voz bem razoável. — Eu tenho de estar disponível se alguém quiser se inscrever. Sabe? Para o leilão. Vocês entendem?

— Ah — concordou Jason. — Eu estou entendendo sim. E se isso não faz parte de algum plano diabólico, um que envolva levar o colégio a comprar um pântano inexistente na Flórida ou algo assim, vamos sair. E então? É isso?

Eu balancei a cabeça.

— É isso o quê?

— É parte de algum plano diabólico para tirar Mark Finley da presidência da turma e substituí-lo?

Eu não sabia o que dizer. Tudo bem, isso tudo *fazia* parte de um plano diabólico. É claro que sim. Mas não do tipo que ele estava imaginando.

Ele pareceu perceber isso sem eu dizer nada. Ele se virou para Becca e chamou:

— Venha. Vamos embora.

Becca correu para o lado dele, me olhando com cuidado durante todo o caminho como se eu fosse um cachorro raivoso ou algo assim.

Mas eu não tinha entendido ainda. Não de cara. Porque a verdade é horrível demais para acreditar.

Eu estava falando:

— Legal. — Na verdade, eu estava aliviada e pensei que eles tivessem entendido. — Vamos até lá pegar uma salada ou qualquer coisa, e sentar perto daquelas plantas que o clube de horticultura plantou. Se alguém se aproximar, nós...

— NÓS não faremos nada — informou Jason, abrindo a porta e passando por ela com Becca.

— Bem — eu disse, seguindo os dois, ainda sem entender. — Não, quero dizer, é claro que não. Sei que isso é um lance que eu inventei e tudo. Vocês não precisam ajudar. Mas se... Ei, aonde estão indo?

Porque em vez de virarem para irem para a cantina, eles viraram na direção do estacionamento.

— Vamos ao Pizza Hut — afirmou Jason. — Pode vir conosco se mudar de ideia.

Eu fiquei ali parada, olhando para eles, sem entender o que estava acontecendo. Jason e eu SEMPRE almoçamos juntos. Menos depois daquela briga na quinta série. Mas tipo, SEMPRE almoçamos juntos.

E agora ele estava me deixando sozinha? Só porque eu mostrei um pouco de espírito escolar?

— Qual é, gente! — chamei. Acho que parte de mim queria acreditar que eles estavam brincando. — Vocês não podem estar falando sério. Qual é? Não podemos ser rebeldes insatisfeitos a vida inteira. Temos de começar a participar das atividades do colégio ou as pessoas nunca descobrirão como somos fantásticos. E eles vão continuar falando "Não dê uma de Steph" para o resto das nossas vidas. Gente! Gente!

Mas era tarde demais. Eu estava falando sozinha no corredor, porque eles tinham partido.

Tudo é uma questão de empatia — identificar-se com o sentimento de outras pessoas e ver as coisas a partir do ponto de vista delas.

Pessoas populares "ligam" para os sentimentos dos outros, fazendo com que acreditem que "fazem parte do grupo". Elas não ficam apenas acenando com a cabeça enquanto os outros contam seus problemas. Elas realmente tentam imaginar como se sentiriam ou reagiriam na mesma situação.

Ao demonstrar mais empatia em relação aos sentimentos dos outros, eles vão se sentir mais "ligados" a você e passarão a gostar mais de você. Assim, a sua popularidade vai crescer muito!

Então, trate de trabalhar a empatia!

Onze

AINDA O DIA D
SEGUNDA-FEIRA, 28 DE AGOSTO, 14H

A cantina da Bloomville High é um lugar assustador, e não só por causa da comida. É meio que como a Rua Principal, isto é, o lugar para ver e ser visto, caso você seja um adolescente em Bloomville, Indiana. As mesas são redondas, para dez pessoas. Isso significa que se você, como eu, quer sentar em uma mesa cheia de pessoas populares, você tem de encontrar um lugar e se espremer ali.

O mais importante, porém, é que você precisa encontrar uma pessoa que PERMITA que você se espreme ao seu lado.

Quando saí do balcão das saladas e fiquei em pé analisando a paisagem diante de mim, vi que — como eu previra no auditório para Jason e Becca — todas as mesas boas já tinham sido ocupadas. Havia um ou dois lugares vagos na mesa principal de Lauren, Mark e a turminha deles, incluindo Alyssa Krueger e o resto do time de futebol.

Por outro lado, havia bastante lugar na mesa de Gordon Wu. Na verdade, quando Gordon me viu parada em pé, ele fez sinal para mim e tirou a mochila da cadeira ao lado dele para eu sentar, como se estivesse guardando um lugar para mim.

O que foi muito gentil da parte dele.

Mas se eu me sentasse ao lado de Gordon Wu, todas as minhas chances de acabar com aquele lance de "Não dê uma de Steph Landry", que manchava a minha reputação, cairiam por terra.

Foi quando notei que ainda havia um lugar na mesa de Darlene Stagg, bem ao lado da mesa de Mark e Lauren. Darlene costumava ficar na mesa com eles.

Mas como nas férias de inverno do ano passado os seios dela começaram a crescer e se tornaram os mais impressionantes de todo Greene County (algumas pessoas menos generosas, como Jason, dizem que são falsos, mas eu me recuso a acreditar que um pai ou uma mãe — mesmo os meus — seria irresponsável o bastante para permitir que a filha de 16 anos colocasse silicone. Na verdade, aos 16 anos, os seios ainda nem acabaram de crescer!), ela teve de ocupar uma mesa separada para acomodar o crescente número de admiradores.

Darlene Stagg deve ser a pessoa mais estranha que já conheci que não está na turma de educação especial. Uma vez na aula de biologia, quando estávamos na oitava série, ela compreendeu que o mel vem das abelhas, e ficou tão passada por saber que seu condimento favorito vinha do "traseiro de um inseto", foram as palavras dela, que ela teve de ir para a enfermaria receber uma compressa de água fria na testa.

Mesmo que Deus tenha dado um cérebro tão pequeno a Darlene, ele compensou isso com a beleza. Até mesmo antes da visita miraculosa da fada dos seios no Natal anterior, dava para perceber que Darlene era o tipo de garota que, em alguns anos (depois que tivesse se tornado a esposa troféu de algum banqueiro e tivesse tido um ou dois filhos), travaria a mesma luta contra a gravidade que eu enfrento no momento.

Nesse momento, porém, ela era a garota mais bonita do colégio, constantemente cercada por garotos, que estão sempre por perto na esperança de que um dia caiam nas graças dela.

Uma outra característica de Darlene é que quando ela, Lauren, Alyssa Krueger e Bebe Johnson estavam na fila para receber a quota de crueldade de Deus, Darlene deve ter visto uma borboleta e partido atrás dela, ou algo assim, já que ela não é nem um pouco cruel. Ainda assim, Lauren permite que Darlene ande com ela e as outras Damas Negras Sith porque Darlene é bonita demais para não ser vista andando com elas, e para o caso de uma delas precisar pegar seus restos.

Esse foi o motivo por que, depois de dar um sorriso de desculpas para Gordon Wu, eu me aproximei da cadeira vazia na mesa de Darlene, que estava a poucos metros de onde Lauren e Mark estavam sentados.

— Olá, Darlene — cumprimentei, colocando a minha bandeja na mesa junto com as outras. — Você se importa se eu sentar aqui?

Todos os caras da mesa tiraram os olhos dos seios de Darlene e olharam para mim. Ou para a parte bem acima das meias, para ser mais exata.

— Ah! Você é a garota da ideia da reunião — respondeu Darlene em tom amigável, porque é assim que ela sempre fala. — Claro. Oi.

Então eu sentei e comecei a comer o frango assado, tirando cuidadosamente a pele para evitar gorduras saturadas desnecessárias que acabam no meu traseiro.

— Gostei das meias — elogiou Todd Rubin com um sorriso que eu só podia classificar como lascivo.

Em vez de dizer "Cai fora, cara. Nem sonhe com isso", como eu teria feito antes de O Livro, sorri para Todd e respondi com um olhar dissimulado:

— Ah, obrigada, Todd. Ei, você não está na minha aula de trigonometria avançada?

Todd olhou, nervoso, na direção de Darlene, como se o fato de mencionarem a inteligência dele em matemática pudesse diminuir as chances de marcar um ponto com alguém cuja soma das notas das provas finais devia ser igual ao número de capitais mundiais que ela conseguiria citar. Sendo que, no ano passado, como eu estava na aula de História Geral com ela, sei que são duas.

— Tô — respondeu Todd com cuidado.

— Talvez você pudesse se inscrever para o leilão de talentos — sugeri. — Deve haver dezenas de calouras bonitinhas que gostariam de ter você como tutor por um dia. Você não acha?

Todd, lançando um outro olhar para Darlene, que estava olhando para ele de forma distraída, enquanto mordiscava uma cenoura, pareceu menos alarmado, já que eu tinha acabado de fazer um elogio a ele. Na frente da garota dos sonhos dele.

— Bem — disse Todd. — Acho que tudo bem.

— Ótimo — respondi, pegando a prancheta que eu tinha acabado de roubar no escritório da administração no caminho para a cantina. — Então, faça a sua inscrição. Uau, acho que vamos arrecadar muito dinheiro com isso — o suficiente para os formandos irem para a França nesse ritmo. E vocês? Alguém está interessado com a possibilidade de garotas fazerem lances para ter vocês?

Cinco minutos depois, todos os caras da mesa tinham se inscrito, listando sob o título TALENTO, as habilidades variadas como CORTAR GRAMA, DUAS HORAS DE PESCA NO LAGO GREENE; CARREGAR AS SACOLAS DURANTE AS COMPRAS NO SHOPPING DA CIDADE; EXPLICAÇÃO QUASE PROFISSIONAL SOBRE CARROS. Ao notarem que os caras estavam conversando animadamente na mesa de Darlene, as pessoas começaram a parar para ver o que estava acontecendo e acabavam se inscrevendo também. Quando o sinal para a aula seguinte tocou, eu já tinha quase trinta voluntários — sendo que a maioria fazia parte do grupo de populares —, incluindo Darlene, que foi muito charmosa ao perguntar:

— E eu, gente? Eu não tenho nenhum talento.

— É claro que tem, Darlene — afirmei, usando o mesmo tom animado que tinha usado com os rapazes. Porque O Livro diz que as pessoas se sentem atraídas por pessoas extrovertidas e alegres. — Você é tão bonita. Por que você não se oferece para fazer uma transformação em alguém?

— Ooooh! — exclamou Darlene, excitada. — Como o lance que eles fazem no balcão da Lancôme no shopping?

— Hã — respondi. — Sim. — Mas como percebi que ela não tinha entendido direito, resolvi acrescentar: — Só que você é quem FARÁ a transformação na pessoa. Você não vai ser transformada. Provavelmente você terá de usar a sua maquiagem na pessoa que vencer.

— Ah — suspirou Darlene, desapontada.

Dava para perceber que ela tinha pensando que ia ganhar uma maquiagem grátis. O que, considerando que Darlene deve ganhar muitas coisas de graça durante o dia, é compreensível.

— Mas e se ninguém quiser me comprar?

— Não se preocupe com isso, Dar — apressou-se Mike Sanders a dizer, já que nenhum ser humano suportava ver Darlene tão triste. — Vou fazer com que minha mãe faça um lance. Ela precisa mesmo de uma transformação.

O rosto de Darlene se iluminou.

— Jura, Mike? — perguntou ela. — Você realmente faria isso?

— Claro que sim, Dar — assegurou Mike.

E todos os outros caras da mesa começaram a dizer que as mães também precisavam de uma transformação.

Nesse momento, o sinal tocou e todo mundo começou a sair, incluindo Mark Finley e Lauren Moffat, que acabou passando por trás de mim enquanto eu anotava os nomes das inscrições de última hora.

Mesmo que Lauren tenha colocado o braço de Mark sobre o seu ombro de novo, ele não parecia estar prestando muita atenção nela. Na verdade, ele estava olhando para mim.

— Ei — chamou ele com um sorriso e olhando para a prancheta. — Você já tem muitos nomes aí, né?

Dei um sorriso brilhante, enquanto tentava não olhar para a expressão de desprezo de Lauren.

— Temos sim — respondi, alegre. — As pessoas parecem ter gostado muito da ideia. O próximo passo será colocar um anúncio na *Gazeta de Bloomville*, para que as pessoas da cidade fiquem sabendo do leilão e venham participar. Para quando você acha que devemos marcar o leilão?

— Quinta-feira? Você acha que dá para colocar o anúncio antes disso?

Respondi que ia ficar meio em cima da hora, mas que eu cuidaria de tudo.

— Ei, você estava... hã... falando sério? — quis saber Mark, com os olhos castanho-claros quase verdes sob as lâmpadas fluorescentes. — Aquilo que você disse no auditório sobre as pessoas fazerem lances para eu fazer propaganda para o negócio delas?

— Claro.

Dei uma olhada para Lauren para ver como ela estava suportando tudo isso. Afinal, o namorado dela estava conversando comigo, sabe? Ela estava com os olhos semicerrados como uma lagartixa. E era bastante óbvio que ela preferia estar em qualquer outro lugar, menos ali.

— Você quer se inscrever? — perguntei a Mark, oferecendo a prancheta. — Com certeza o fato de o seu nome estar entre os leiloados vai atrair muito mais gente.

— Você acha? — Mas ele já estava pegando a caneta e escrevendo o seu nome. — O que devo escrever em talento? — Ele me deu um sorriso meio de lado, um sinal muito charmoso de incerteza. — Não sei se garoto-propaganda passa bem a ideia.

— Vou colocar "garoto-propaganda" — afirmei, com um sorriso para ele. E só porque eu não queria que ela pensasse que eu estava tentando ignorá-la, ou qualquer coisa assim, eu disse para Lauren: — Você também quer se inscrever, Lauren? Talvez você pudesse se oferecer para ser motorista de alguém por um dia em uma das BMWs da loja do seu pai.

Lauren me lançou um olhar glacial.

— Obrigada — respondeu ela, sarcástica. — Mas eu não vou servir de motorista para nenhum idiota em um dos carros novos do meu pai.

E, para enfatizar o quanto ela achava a ideia horrível, Lauren olhou para Alyssa que quase engasgou com o refrigerante light que estava tomando. E começou a dar gargalhadas quando Lauren acrescentou:

— Meu Deus, pare de ser tão Steph!

Mark, porém, não viu graça nenhuma.

— Meu Deus, Laur — disse ele, olhando para o rosto pequeno de rato dela, cercado pelo braço (comparativamente másculo) dele. — É para caridade. Afinal, é para a viagem dos formandos. Por que você está sendo tão implicante com ela?

Dessa vez, Alyssa engasgou mesmo com o refrigerante. E quase cuspiu todo o conteúdo que estava em sua boca no chão da cantina (que agora estava praticamente vazia).

Lauren, por sua vez, olhou para Mark e fechou a cara de rato para ele.

— Ai, eu só estava brincando.

Depois, ela arrancou a prancheta da minha mão, rabiscou o nome e escreveu QUALQUER COISA sob o título TALENTO.

O que foi melhor, pois não acho que ninguém vai dar nenhum lance para ver Lauren PUXAR O SACO DE MARK FINLEY, porque vemos isso de graça todos os dias no colégio.

Fiz uma nota mental para me lembrar de dizer isso para Jason mais tarde, pois eu sabia o quanto ele gostava de piadinhas inteligentes.

— Satisfeita? — perguntou Lauren, entregando a prancheta de volta.

— Claro. Muito obrigada — agradeci como se não tivesse notado a sua grosseria. — Isso realmente vai fazer toda a diferença. Você vai ver.

Depois dei um último sorriso e acenei. Virei e segui para a minha próxima aula.

Você é uma garota popular? Você pode ser, basta fazer o mesmo que as garotas populares fazem.

As garotas populares:
* São respeitosas e educadas com todos.

* Colocam-se no lugar dos outros e pensam em seus sentimentos.

* São generosas em relação ao seu tempo e aos seus talentos.

* São alegres e extrovertidas.

Doze

AINDA O DIA D
SEGUNDA-FEIRA, 28 DE AGOSTO, 16H

Jason e Becca estavam meio quietos no caminho para casa.

Tentei me convencer que foi porque cheguei um pouco atrasada para encontrá-los na B. Mas foi só porque, em todos os lugares que eu ia, sempre tinha alguém me chamando para saber se poderia se inscrever no leilão de talentos. Eu já tinha mais de cem voluntários. Esse era um número bem maior do que eu esperava. Era mais até do que poderíamos leiloar em uma noite.

Jason e Becca não quiseram participar. Mesmo eu tendo afirmado que ambos tinham talentos muito especiais.

— Jason poderia dar aulas de golfe. As pessoas adoram isso — sugeri, no caminho para casa. — Ou visitas guiadas pelo observatório. E você, Becca, poderia dar aulas particulares sobre como montar álbuns de recortes.

Mas Jason se recusou terminantemente a participar de qualquer coisa que pudesse beneficiar Mark Finley. E Becca disse apenas:

— Nem pensar. Eu não sou tão boa assim. Além disso, acho que meus pais não iam deixar. Tipo assim, ser leiloada e tudo.

— *Você* não vai ser leiloada — expliquei. — O seu talento é que vai.

Mas ela só negou de forma ainda mais veemente com a cabeça.

Eu até podia entender o fato de Becca não querer, porque ela é sempre muito tímida quando não está conosco. Mas Jason é totalmente extrovertido... Isto é, se você puder ser extrovertido e antissocial ao mesmo tempo.

Eu não tive a chance de insistir mais com ele no carro, mas felizmente recebi um telefonema de Kitty um pouco mais tarde, informando que o meu vestido e o de Catie e os smokings de Pete e Robbie estavam prontos e pedindo que déssemos uma passada lá para a prova final.

— Já estamos indo — respondi.

Fui procurar Catie — que estava fazendo o dever de casa, como o quarto ano é o primeiro ano em que passam dever de casa em Greene County, e Catie estava tão animada com isso que não pôde esperar (mas como esse tipo de coisa nerd é típica de mim e do resto da família, não fiquei assustada nem nada) — e Pete e Robbie que estavam assistindo à MTV na sala de televisão, depois de descobrirem mais uma vez a senha de mamãe para o controle-remoto da TV por assinatura.

Depois, avisamos a papai aonde estávamos indo e deixamos Sara assistindo *Dora — A Exploradora* na TV (para que ele não descobrisse que já sabíamos a senha), e corremos pelo gramado até a casa de Jason, onde a costureira nos aguardava.

Não me considero uma pessoa muito preocupada com moda. Tudo bem, tirando esse lance das meias sete oitavos, que eu tirei assim que cheguei em casa, eu não costumo me arrumar muito.

Mas o vestido de dama de honra que Kitty escolheu para nós é algo realmente especial. Um tomara que caia rosa claro — mas não aquele rosa de garotinhas — de seda com um *chiffon* ainda mais claro por cima e a bainha toda coberta de bordados de cristal de diferentes tamanhos para captar a luz e brilharem... Mas não de um jeito cafona, como a Barbie Princesa. Eu poderia simplesmente tirar o laço rosa e usá-lo no baile de formatura. É claro que só no muito duvidoso caso de alguém me convidar.

E a melhor parte é que o vovô é quem está pagando por tudo. Porque se mamãe tivesse de pagar, nós teríamos de usar vestidos da Sears, em vez de vestidos lindos e feitos sob medida pela costureira e estilista de Kitty.

— Olá, crianças — cumprimentou Kitty quando entramos pela porta da cozinha, que é a única usada pelos Hollenbach.

A casa em que Kitty foi criada é uma das mais antigas do quarteirão, uma enorme casa de fazenda em estilo vitoriano (embora a parte da fazenda tenha sido vendida há muito tempo para a construção de outras casas, como a minha), com uma entrada elegante que os Hollenbach nunca usam. A casa conta com uma despensa e um quarto de empregada (o quarto no sótão para o qual Jason acabou de se mudar), e uma campainha embaixo da mesa para você apertar quando quiser falar com a empregada, que Jason e eu costumávamos apertar várias vezes quando eu ia lá brincar com ele, até que, por fim, a mãe resolveu desligá-la.

— Gostariam de tomar uma limonada? — ofereceu Kitty.

O que era um dos motivos porque eu sempre adorava vir à casa de Jason quando era pequena. Por exemplo, esta era a única casa do quarteirão que tinha ar-condicionado central. Então o ambiente estava sempre agradável.

Mas o outro motivo era porque a mãe dele sempre tinha coisas como limonada ou suco de laranja fresco para servir. Na minha casa, a única coisa que tem para beber, além de leite, é água (da pia). Meu pai diz que não temos como pagar por suco, mesmo que seja polpa congelada porque é caro demais (além disso, sempre que por acaso aparece uma caixa na nossa geladeira, ela é imediatamente consumida por Pete), e ele não nos deixa beber refrigerante ou sucos prontos, porque todos contêm açúcar, que não faz bem para a saúde.

Jason pode consumir todo o açúcar que quiser. E, como consequência, ele nunca quer.

Bebemos quase duas garrafas de limonada (Pete praticamente bebeu uma sozinho) antes que Kitty conseguisse nos convencer a subir para experimentarmos as roupas.

Mas quando subimos, valeu totalmente a pena.

— Oh! — exclamou Kitty quando Catie e eu saímos do antigo quarto de Jason, que havia sido transformado em um quarto de costuras improvisado. — Olhe só para vocês! Parecem duas princesas!

Catie olhou para o seu vestido florido que era exatamente igual ao meu, só que em miniatura, com um decote um pouco menor do que o meu.

— Você acha mesmo? — perguntou ela, parecendo muito feliz.

— Claro que sim — respondeu a avó de Jason.

A Sra. Lee, a costureira de Kitty, nos analisou e se aproximou, segurando o vestido bem debaixo das minhas axilas.

— Acho que podemos ajustar um pouco aqui.
— É — concordou Kitty. — Mas só um pouco.

Pete, que estava se sentindo pouco à vontade com a sua gravata — do mesmo tom de rosa de nossos vestidos — suspirou. Olhei para baixo e vi que a Sra. Lee estava falando sobre a região dos meus seios, onde o vestido estava um pouco solto. Isso foi porque, quando ela me mediu pela primeira vez, eu não estava usando o meu sutiã novo e de caimento correto, então eu tinha preenchido todo o vestido. Agora que eu estava com ele, as proporções estavam corretas, mas o vestido estava solto.

— Fica quieto — disse eu para Pete. — Será que vai dar tempo para consertar? — perguntei, preocupada, para a Sra. Lee.

— Oh, é claro que sim — respondeu ela. — Posso fazer isso em um piscar de olhos. — E para Catie ela disse: — O seu está perfeito, pode tirar agora. — Ela olhou para Pete e Robbie e pediu em uma voz menos amigável: — Vocês também.

Os garotos gritaram e começaram a tirar a faixa e a gravata, mesmo antes de terem chegado ao banheiro, que era o lugar onde haviam se trocado.

Mas Catie parecia tão pronta para tirar o vestido como para comer um sanduíche de lama.

— Como será o SEU vestido, Sra. Hollenbach? — perguntou ela para a avó de Jason.

— Me chame de Kitty, querida — pediu Kitty, rindo.

Ela pediu a todos nós que a chamássemos pelo primeiro nome, principalmente agora, que seria nossa avó. Mas as crianças menores viviam esquecendo.

— Não será tão bonito quanto o de vocês — assegurou Kitty. — Mas espero que Emile goste.

— Ele vai gostar — respondeu Catie. — Ele ama suas curvas.

— Catie! — exclamei, chocada.

Mas Kitty e a Sra. Lee estavam rindo.

— Bem — disse Catie, olhando para mim com uma expressão defensiva no rosto. — Foi isso que Jason disse. Eu OUVI.

— Falando em Jason — lembrou-se Kitty. — Onde foi que esse garoto se meteu? Ele também tem de experimentar o smoking dele.

— Estou aqui, vovó.

Jason apareceu na porta, pegando cereal de uma saladeira e enfiando na boca. Não uma tigela em que você colocaria uma salada para uma pessoa, mas a saladeira mesmo, na qual ele despejou o saco inteiro de cereal Honey Nut Cheerios e um litro de leite, que era o seu lanche de sempre.

— Oh, Jason — reclamou Kitty quando o viu. — O que sua mãe vai dizer quando vir que você arruinou o apetite para o jantar?

— Estarei com fome de novo até a hora do jantar — disse Jason dando de ombros.

Kitty, que tinha os mesmos olhos azul-claros de Jason e a mesma compleição magra, mas não a sua altura ou os cabelos escuros compridos (os dela eram curtos e tão brancos quanto os de vovô, e era por isso que eles formavam um casal tão fofo, apesar do que mamãe pudesse achar), balançou a cabeça.

— Deve ser bom, não é, Stephanie? — piscou ela para mim.
— Comer como um cavalo e não engordar nem um quilinho?

Eu não disse o que queria dizer, que era "Claro, mas pelo menos nós não parecemos um", ou seja, um cavalo; ou seja, Jason.

Mas não sei se a avó de Jason apreciaria uma tirada inteligente. Embora isso fosse exatamente o que Jason merecia depois de ter sido tão cruel comigo no colégio.

A Sra. Lee fez com que Jason fosse até o banheiro para experimentar o smoking. Quando ele saiu, seguido de Pete e Robbie, que já estavam com roupas normais, ele ainda estava comendo cereal.

Mesmo assim, vê-lo de smoking me fez sentir como se eu tivesse levado um pequeno choque elétrico. Porque ele estava muito bonito. Parecia James Bond ou alguém assim. Se James Bond já tivesse comido cereal em uma saladeira.

— Cara — disse Pete olhando para Jason, a quem ele idolatrava por ter mais de 1,80m e dirigir o próprio carro. — A nova série 5 tem cinco litros a mais de capacidade, 10 cilindradas e um torque de 53 m.kgf. É uma BOMBA.

— Eu sei — respondeu Jason, mastigando.

— E os seus pais, Stephanie? — perguntou Kitty em tom casual demais, enquanto a Sra. Lee arrumava a faixa do smoking de Jason. — Alguma chance de eles aparecerem no sábado?

— Acho que não — disse, sem olhar para ela.

Eu gostava muito da avó de Jason, e o comportamento dos meus pais — mais de mamãe do que de papai, já que papai só estava obedecendo às ordens dela — me deixava muito sem graça. O casamento de vovô era muito mais importante do que a abertura de uma loja estúpida na cidade. Não sei por que mamãe não conseguia ver isso.

— Bem — suspirou Kitty, ainda com um sorriso no rosto. — Nunca se sabe. Talvez eles ainda mudem de ideia. De qualquer modo, reservei lugares para eles na recepção. Jason, querido, você vai cortar o cabelo antes do casamento ou vai com a franja caindo nos olhos?

— Acho que eu deveria usar esse penteado — disse Jason, puxando toda a franja para a frente dos olhos, fazendo com que se parecesse com um sheepdog.

Pete e Robbie riram à beça.

— Oh, Jason! — exclamou Kitty.

Mas dava para perceber que ela amava a provocação do neto.

Foi quando me dei conta de que Robbie tinha encontrado Sr. Fofinho, o gato de Jason, e estava tentando pegá-lo enquanto Catie tentava afastá-lo do gato.

— Catie, não brinque com o Sr. Fofinho enquanto estiver usando o seu vestido florido de mocinha — disse eu, e a Sra. Lee e Kitty entraram imediatamente em ação.

A Sra. Lee pegou as duas mãos de Catie e a afastou do gato preto, que era conhecido por sua bexiga solta, por ser um Persa, e Kitty tentou distrair Robbie e Pete, perguntando se eles gostariam de descer para tomar uma taça de sorvete feito em casa.

Eles aceitaram, o que fez com que Jason e eu ficássemos sozinhos no corredor, um olhando para o outro em um silêncio estranho. Mas o olhar foi só depois que ele ajeitou o cabelo para poder me enxergar.

Foi tudo muito esquisito porque Jason e eu NUNCA tivemos silêncios estranhos antes. Costumamos sempre ter o que dizer um para o outro, parece até uma corrida para ver quem consegue falar mais antes de ser interrompido pelo outro.

Naquele momento, porém... Silêncio.

Não acho que tenha sido porque ele estava lindo de smoking. Eu não podia deixar de pensar que o fato de não termos nada para dizer um para o outro era por causa do Livro.

Não entendo por que Jason não pode simplesmente ficar feliz por mim. Afinal, eu consegui fazer com que as pessoas pensassem em mim, sem se lembrar do episódio da Fanta Uva na saia da D&G de Lauren Moffat. Não era como se eu fosse esquecer dele e de Becca uma vez que me tornasse popular. Eu tinha inclusive tudo planejado em relação a como eu os levaria comigo a todas as festas para as quais começaria a ser convidada.

Então por que ele estava tão zangado?

Foi Jason quem quebrou o silêncio.

— Você viu o que ela fez? — perguntou ele meio zangado.

— Quem? — perguntei, pensando que ele estava se referindo à avó e imaginando o que ela poderia ter feito.

— A sua amiga, Becca — esclareceu ele, levantando os pés para eu ver os desenhos que ela fizera no tênis dele durante a reunião. — Na parte de cima, cara. Ela desenhou na parte de cima!

— E daí? — Eu não podia acreditar que tinha sido isso que o deixara tão zangado. — O gato tinha comido a sua língua? Você poderia ter pedido para ela parar.

— Eu não queria que ela ficasse chateada — respondeu Jason. — Você sabe como ela é. Toda sensível e tudo.

— Espero que você não esteja tentando me culpar pelo que aconteceu — disse eu, levantando uma mão.

— Por que não? — perguntou Jason. — Ela é sua amiga.

— Ela é sua amiga também — lembrei. — Ou será que não foi ela que você levou para almoçar no Pizza Hut hoje?

— Ah, como se isso não tivesse sido um pesadelo. Estou dizendo que tem alguma coisa estranha com essa garota. Até mais estranha do que...

Ele parou de falar. Eu olhei para ele.

— Continue.

— Não — negou-se ele. — Não é nada. Olha, eu tenho de...

— O quê? — perguntei. De repente senti calor com o meu vestido de dama de honra, mesmo com o ar-condicionado. — Pode dizer. Até mais estranha do que o que está acontecendo comigo. Era isso que você ia dizer, não era?

— Bem — começou Jason, arrumando a faixa do smoking, tentando abri-la sem soltar a saladeira. — Foi você quem disse e não eu. Mas como você falou nisso, sim. O que aconteceu com você? O que foi aquilo hoje? Pensei que odiasse essas coisas.

— Vem cá — disse eu, não suportando mais as tentativas dele de tirar a faixa. — Deixa que eu faço isso. — Fui até ele e soltei a faixa. — Não sei o que há de errado em tentar ter um pouco de espírito escolar. Afinal, nem todo mundo gosta de ser um renegado da sociedade.

— Achei que você amasse ser uma renegada da sociedade — afirmou Jason, parecendo realmente surpreso. Ele levantou os dedos como se sacudisse pacotinhos de açúcar. — Feliz Natal, Sr. Potter! Lembra? Achei que nos divertíamos sendo renegados da sociedade.

— Eu sei — respondi da forma mais gentil que consegui. Eu estava tentando usar a empatia porque não queria magoá-lo. — Eu só estou cansada de ser uma Steph, sabe?

— Mas esse é o seu NOME — lembrou Jason.

— Eu sei. Mas estou cansada daquela garota. Quero ser alguém diferente. E não — acrescentei rapidamente — Lelé ou mente criminosa. Eu quero ser Steph Landry... mas uma Steph Landry diferente. Uma Steph Landry que seja... bem... — eu não conseguia olhar para ele — ... popular.

— Popular? — repetiu Jason, como se eu estivesse falando francês ou algo assim. — POPULAR?

Mas antes que eu tivesse a chance de dizer qualquer outra coisa, a Sra. Lee saiu do quarto de hóspedes, parecendo preocupada.

— Stephanie — chamou ela. — Será que você poderia dar um pulinho aqui para tentar convencer a sua irmã a tirar o vestido? Parece que ela quer ficar com ele até o dia do casamento.

— Claro — respondi. Entreguei a faixa para Jason. — Falo com você mais tarde, Jase.

— Tá — concordou ele, pegando a faixa da minha mão. Mas o rosto dele expressava uma mistura de confusão e... bem, não há como negar: mágoa. — Tanto faz.

Mas eu não consegui entender por que ele estava magoado. Não foi *ele* que teve de ficar dois dias sem fazer xixi no acampamento de escoteira porque Lauren Moffat e suas amigas não deixavam. Não foi *ele* que teve de enfrentar todas as garotas de uma vez só naquele jogo bobo quando todas resolveram jogar ao mesmo tempo bolas vermelhas em mim. Nunca ninguém na cidade dissera para ele: "Não dê uma de Jason" ou "Você é tão Jason", não é?

Não. Nunca ninguém fez isso. Era muito fácil para Jason perguntar "POPULAR?", mas ele não sabia, sabia? Ele não sabia como era viver a vida assim. Ele era estranho por ESCOLHA. Ele não precisava ser estranho, com aquele corpo, aqueles pais e aquela casa. Ele poderia ser tão popular quanto Mark Finley, se quisesse.

Mas ele não queria.

Algo que eu, nem em um milhão de anos, conseguiria entender.

Garotas populares...

Nunca:

- Ficam se mostrando por causa da aparência, talentos ou posses.

- Permitem que os garotos sejam impertinentes com elas.

- Fazem fofoca ou dizem coisas cruéis sobre os outros.

- Provocam ou debocham de outras garotas.

Treze

AINDA O DIA D
SEGUNDA-FEIRA, 28 DE AGOSTO, 19H

Estava tudo em cima para o leilão de talentos. E, para começar bem o ano em termos financeiros, nós o marcaríamos para a noite de quinta-feira. Sei disso porque recebi um e-mail de Mark Finley me informando sobre o assunto.

Sim. Eu, Stephanie Landry, recebi um e-mail de Mark Finley.

Não faço a menor ideia de como ele conseguiu meu endereço de e-mail. Mas acho que quando se é Mark Finley, o zagueiro da Bloomville High, presidente da turma de formandos e namorado de Lauren Moffat, deve ser fácil conseguir o e-mail de quem quiser.

Quase morri quando vi meu e-mail pelo computador lá de casa, e o nome de Mark Finley na Caixa de Entrada.

Não era uma carta de amor nem nada. Era apenas uma mensagem bem factual e direta para me informar que ele tinha reservado o ginásio — que tem mais cadeiras do que o auditório — para as 19h de quinta-feira para o leilão.

Mas ainda assim era um e-mail de Mark Finley. Esse foi o primeiro e-mail de uma pessoa popular que recebi na vida.

Aparentemente, porém, não seria o meu último, porque o de Mark não foi o único que recebi. Algumas pessoas queriam se inscrever para o leilão de talentos. Havia ofertas variadas como serviços de babá até remoção de troncos e concerto de acordeão (particular).

Eu não sabia que os alunos da Bloomville High eram tão talentosos.

Depois notei que alguns e-mails não pareciam... bem, muito legais. Isso porque a linha de Assunto dizia "Odeio você" e "Idiota". Além disso, todos vinham de uma pessoa cujo nome era SteffDeveMorrer.

Que bom. Eles nem sabiam escrever o meu nome direito.

Eu sabia bem o que era isso. E também imaginava quem os tinha enviado.

Mas isso não tornou as coisas mais fáceis. Não me fez ficar menos assustada quando cliquei neles. Porque eu *tinha* de clicar neles, mesmo que fosse apenas para deletá-los.

POR QUE VOCÊ NÃO DESISTE E CONTINUA COM SEUS AMIGOS FRACASSADOS, SUA DOIDA. Bem, um pedido nem um pouco amigável desse não poderia vir escrito de forma correta.

PARE DE PENTELHAR, PUXA-SACO, aconselhou ela, no outro.

E tenho de admitir que isso me magoou. Senti um aperto no peito ao ler esses e-mails. Como se eu não conseguisse respirar. Quem poderia me odiar tanto a ponto de fazer com que me sentisse tão mal? Principalmente quando eu não tinha feito nada contra ninguém, a não ser o lance de espiar o meu vizinho trocar de roupa e salpicar um pouco de açúcar no cabelo de Lauren Moffat.

Mas ela não sabia que tinha sido eu. E foi ela quem começou tudo com aquele negócio de "Não dê uma de Steph".

Já vi filmes em que garotas recebiam e-mails cruéis dos colegas. Nos filmes, as garotas sempre se assustavam, imprimiam as mensagens e corriam para mostrá-las para as mães, que iam até o colégio reclamar com o diretor, que, por sua vez, tinha a missão de descobrir quem estava por trás daquilo.

Nos filmes, o diretor sempre acaba descobrindo e suspendendo os infratores, que, no final do filme, sempre se desculpam com a vítima e todos se tornam amigos depois que entendem que tudo não passou de um engano... mas só depois que uma professora bonita, que a roteirista baseou em si mesma para escrever a história, intervém e ensina a todos a serem mais empáticos.

Será que devo dizer que na vida real isso nunca acontece? As pessoas que enviam os e-mails cruéis sempre se safam, e as vítimas têm de engolir isso e passar o resto de suas vidas se perguntando quem as odeia tanto a ponto de fazer isso — embora sempre suspeitem de alguém, mas sem nunca ter certeza absoluta. As vítimas sempre se perguntam se, se tivessem feito ou dito algo de forma um pouco diferente, a pessoa as odiaria menos... Mas nunca sabendo ao certo, porque não fazem ideia do que fizeram para a pessoa odiá-las tanto.

Bem, a não ser que sejam como eu. Nesse caso, elas saberão exatamente o que fizeram.

Elas só não sabem por que algo que aconteceu há tanto tempo — e que foi um acidente, além disso — as persegue pelo resto de suas vidas.

Não comecei a chorar e nem corri para mostrar à minha mãe. Em vez disso, apenas pressionei o botão DELETE.

Porque, fala sério. Quem liga? Eu já ouvi coisas bem piores ditas bem na minha cara. Eu não ia me desesperar só porque alguém que nem tem coragem de usar o nome verdadeiro estava irritada comigo.

Além disso, O Livro avisa de forma bem clara que sempre que você tenta promover uma mudança social, haverá pessoas que vão se sentir ameaçadas e/ou inseguras e vão tentar impedi-la, usando técnicas de intimidação ou de ostracismo.

O Livro diz que essas pessoas devem ser ignoradas, pois não há outro modo de lidar com elas: elas temem que uma mudança na ordem social seja algo irracional.

Então o que posso fazer? A não ser deletar. DELETE. DELETE.

Depois, vi um e-mail de Becca.

> Scrpbooker90: Ei, sou eu. Então, aquilo foi estranho hoje. Quer dizer, legal. Mas estranho. Posso perguntar uma coisa? Mas não tem nada a ver com o lance do leilão.

Minha mãe se recusa a permitir que tenhamos contas de mensagem instantânea, pois as considera buracos negros cerebrais que sugam o nosso cérebro e fazem com que você fique horas fazendo nada (ela se sente do mesmo modo em relação à MTV, motivo por que o canal é protegido por senha).

Então, tive de enviar um e-mail para Becca e rezar para ela estar conectada e me responder logo.

> StephLandry (Eu sei. Esse é o nome da minha conta de e-mail. Foi minha mãe que escolheu): Claro. Pode perguntar o que quiser.

Ela estava on-line. Então, um minuto depois recebi a seguinte mensagem:

Scrpbooker90: Oh, oi. Tudo bem, eu me sinto muito boba de perguntar isso. Mas será que você poderia me fazer um grande favor? Gostaria que você tentasse descobrir se Jason gosta de mim.

Olhei para a tela. Tive de ler a mensagem tipo umas dez vezes, mas ainda assim não consegui entender. Na verdade, eu entendi, mas achei que não podia ser o que eu achava que era.

StephLandry: É claro que ele gosta de você. Somos amigos, certo?

Enquanto aguardava a resposta de Becca, ouvi Robbie discutindo com papai, que estava fazendo uma lasanha para o jantar. Robbie odeia lasanha — e todas as comidas vermelhas, na verdade — e queria frango.

Scrpbooker90: É, eu sei. Mas eu quero que você descubra se ele gosta de mim mais do que como uma amiga. ACHO que gosta. Hoje, no Pizza Hut... Bem, você não estava lá, mas eu senti um clima.

Um CLIMA? Do que ela estava FALANDO? Que tipo de CLIMA ela poderia sentir com JASON? A não ser do tipo "estou morrendo de fome e vou comer tudo que puder"? A não ser que seja por causa da reação de Jason ao modo estranho como Becca vem agindo e ela está interpretando como se ele estivesse a fim dela.

StephLandry: Bex, acho que você está enganada. Jason gosta de Kirsten, lembra?

Na cozinha, Robbie estava perdendo a batalha da lasanha. Ele teria de cair de novo no padrão "tudo bem, então vou comer manteiga de amendoim e geleia".

Scrpbooker90: Ele não gosta de Kirsten DE VERDADE. Bem, sei que gosta, mas ela está na FACULDADE. Ela não vai se interessar por ELE. Nem mesmo agora que ele tem um carro. Estou começando a achar que ele gosta de mim. GOSTA mesmo de mim. Você viu como ele deixou que eu desenhasse no tênis dele hoje na reunião?

Ai, meu Deus! Que confusão.
Porque é claro que NÃO TINHA COMO Jason GOSTAR de Becca. Mesmo se ele não tivesse vindo reclamar comigo umas duas horas atrás, há o fato de que... bem, durante todo o tempo que eu e Jason nos conhecemos — mesmo no jardim de infância — ele nunca tinha gostado de ninguém com quem ele tivesse uma chance de conseguir. Sempre foi Xena, a Princesa Guerreira, ou Lara Croft, ou a mãe de Stuckey ou a Fergie da banda Black Eyed Peas. Ele nunca gostou de nenhuma garota da nossa turma...

...como eu sabia muito bem desde a nossa briga na quinta série.

Não, acho que não era provável que Jason tivesse se apaixonado por Becca. Mas como dizer isso a ela, sem ferir os seus sentimentos?

Eu tentei:

StephLandry: Becca, você não lembra do que ele disse na noite em que saímos, sobre não querer "cuspir" no prato que come e como namorar alguém do colégio é idiota?

Becca respondeu quase imediatamente.

Scrpbooker90: Ele disse que encontrar a alma gêmea no colégio é idiotice. Ele disse que era a favor de ficar — ir ao cinema e sair. Isso é tudo o que eu quero. Até que ele, tipo assim, perceba que eu sou... o amor da vida dele.

Amor da vida? Ai, meu Deus, isso é bem pior do que eu imaginava.

StephLandry: Becca, não me leve a mal nem nada. Eu amo Jason e tudo — como amigo, é claro —, mas não acho que ele seja sua alma gêmea. Não acho mesmo. Por exemplo, Jason odeia esse lance de recortes. Ele não tem um pingo de criatividade no corpo. Você não acha que a sua alma gêmea deveria gostar de, sei lá, arte, em vez de golfe?

Mas Becca também tinha uma resposta para isso.

Scrpbooker90: Ele só odeia arte porque não foi exposto a ela o suficiente.

StephLandry: A avó dele o levou ao Louvre no verão passado! E ele disse que seria demais se eles instalassem um campo de golfe de nove buracos lá!

Scrpbooker90: Então, o que você está tentando me dizer, Steph? Que você acha que Jason não gosta de mim desse jeito? É isso?

SIM! Era o que eu queria escrever. É EXATAMENTE O QUE EU ACHO.
Mas isso seria cruel demais. Mesmo sendo verdade.
Em vez disso, escrevi:

StephLandry: Tudo que estou dizendo é que você deve se manter aberta a outros caras, e não colocar todos os ovos na mesma cesta.

Eu sabia que Becca ia gostar da analogia, tendo crescido na fazenda e tudo.

StephLandry: Vou perguntar a Jason para você — você sabe, de forma bem sutil. Mas acho que você deve se preparar emocionalmente para o fato de que Jason está guardando o coração para Kirsten. Ou alguma garota que conhecer na faculdade.

Becca, no entanto, ignorou a parte do aviso do e-mail e se concentrou na parte em que eu disse que perguntaria a Jason se ele gostava dela.

Scrpbooker90: OBRIGADA, STEPH! Você é uma ótima amiga. Só por isso, vou seguir o seu conselho e oferecer os meus serviços para serem leiloados. Acho que você está certa e há muitas pessoas que adorariam aprender a fazer álbuns de recortes. Então eu vou oferecer três horas de orientações para se fazer um álbum bem legal. O que você acha?

Eu achava que ninguém faria um lance para Becca. Exceto talvez a mãe dela. Mas tentei parecer entusiasmada e agradeci a ela.

Eu já estava me desconectando, quando mamãe chegou em casa da loja, preocupada, como sempre, com o ritmo lento dos negócios.

— Quanto faturamos nesse dia do ano passado, Stephanie?
— perguntou ela, pendurando a bolsa e as chaves do carro nos ganchos atrás da porta.

— Ah, mamãe — gemi eu, agindo como se ela estivesse sendo uma chata.

Na verdade, porém, eu sabia que, quando contasse a ela, ela ficaria mais chateada.

E eu estava certa. Ela me fez consultar minha planilha especial de Excel, que criei só para isso, e tínhamos vendido 60 dólares a menos do que no ano passado.

— Mas 60 dólares não é muito — tentei argumentar. — Pode ser que não tenha nada a ver com a Super Sav-Mart. Pode ser que a gente só tenha deixado de vender uma boneca hoje, ou algo assim.

— Ai, meu Deus — suspirou mamãe me ignorando. — Eu preciso beber alguma coisa.

— Talvez você devesse considerar minha ideia de abrir na loja um café, como conversamos — provoquei. — Agora que o Hoosier Sweet Shoppe fechou...

— Fechou! — interrompeu mamãe, pegando seu saquinho de balas Toffe da prateleira de cima de livros (ela não ligava que eu soubesse sobre isso, já que eu nunca comeria uma bala dessas por medo de engordar, diferente dos meus irmãos) e pegou várias. — Eles foram tirados do mercado pela Super Sav-Mart!

Hum, isso não era verdade. A Hoosier Sweet Shoppe fechou no ano passado depois que um cano de água muito antigo explodiu no teto, destruindo todo o estoque deles. Mas não se deve discutir com uma mulher com os hormônios à flor da pele como mamãe.

— Não seria difícil abrir a parede para incluir a Hoosier Sweet Shoppe — sugeri. — Como ela fica bem ao lado...

— E onde é que eu consigo o dinheiro para isso, Stephanie? — perguntou mamãe. Depois, antes que eu pudesse dizer qualquer coisa, ela continuou: — E NÃO ME DIGA para pedir ao seu avô. Eu não vou me ajoelhar diante dele para tentar arrancar um pouco do dinheiro dele. Diferente do resto dessa cidade, eu tenho dignidade.

Falando em estar sensível...

Eu queria dizer a ela para não se preocupar — que tudo ficaria bem. Porque eu tenho um plano que levaria muitas vendas para a nossa loja.

Mas eu não queria estragar tudo, então fiquei calada e fui para a cozinha fazer o sanduíche de manteiga de amendoim e geleia de Robbie, para que ele parasse de reclamar da lasanha do papai.

Então, você acha que já encontrou o garoto dos seus sonhos — mas ele parece não saber que você existe?

Tudo bem!

Um modo bastante eficaz de conseguir atenção do sexo oposto é SORRIR!

Operação Sorriso:

O poder do sorriso é surpreendente e nunca é demais enfatizá-lo. Um único sorriso devastador na direção do seu amor pode fazer mais do que qualquer outra coisa para chamar a atenção dele.

Então, escove bem os dentes e comece a praticar... E, na próxima vez que o encontrar no corredor, mostre suas covinhas!

Pode apostar que ele vai pedir o seu telefone antes que a semana termine!

Catorze

SEGUNDO DIA DE POPULARIDADE
TERÇA-FEIRA, 29 DE AGOSTO, 13H30

Mark Finley falou comigo na hora do almoço de novo.

Eu estava sentada lá, tentando falar sobre alguma coisa que Darlene parecia entender — maquiagem e os filmes de Brittany Murphy (eu tinha dito tudo o que podia sobre *8 Mile — Rua das ilusões*, com a ajuda dos pretendentes de Darlene, sendo que muitos afirmaram que a parte favorita deles era a cena em que Brittany lambia a mão) — quando um dos caras disse:

— Ei, Mark.

Eu olhei para cima e vi que Mark Finley estava de pé ao lado da minha cadeira.

— Oi — respondeu Mark, puxando uma cadeira de uma mesa vizinha até ficar bem do meu lado.

— Olha, o folheto ficou ótimo — elogiou Mark.

Sim. Mark Finley veio até a nossa mesa para falar comigo. COMIGO. Não consegui fazer com que Jason e Becca sentassem comigo no almoço — pois, como Jason ainda está excitado com o fato de que, agora que tem um carro, pode sair todos os dias para almoçar, insiste em fazer isso todos os dias, e Becca, por causa de sua convicção de que ele é o amor de sua vida, foi com ele... Mesmo que Jason tenha convidado o amigo Stuckey para ir com eles, e Becca não suporta Stuckey por causa da mania que ele tem de ficar falando sobre os jogos de basquete da Universidade de Indiana.

É claro que eles não queriam comer comigo. O que não tinha problema, porque a carona até o colégio tinha sido uma tortura. Como se não bastasse o fato de Jason se sentir compelido a comentar cada peça de roupa que eu estava usando "O que há de errado com essa saia? Por que ela é tão justa? Como você vai conseguir correr se Gordon Wu explodir o laboratório de química de novo?", Becca não falava mais nada na companhia de Jason, porque era tímida demais e achava que ele era o amor da vida dela e então eu tinha de conversar.

Talvez eu volte a pegar o ônibus.

Mas Mark Finley não parecia se incomodar de almoçar comigo. Nem um pouco.

— Ah — suspirei, sentindo o rosto corar.

Porque, você sabe, né? Embora ele tenha me enviado um e-mail na noite passada, falar com Mark Finley em pessoa é... bem, totalmente diferente. Por causa dos olhos dele, que pareciam mais verdes do que de costume por algum motivo.

— Ah, não foi nada — respondi.

NADA? Levei a noite inteira para fazer o folheto — anunciando o leilão de quinta-feira à noite. Tive de deixar o meu dever de casa de lado, mas valeu a pena: no final, consegui um resultado quase profissional... o que é bom, pois eu tinha de comprar espaço no jornal local para anunciar o evento e precisava de algo que chamasse atenção.

Acho que eu podia ter pedido ajuda de mamãe para isso, porque ela é ótima fazendo os cartazes e arrumando as vitrines da loja. Na verdade, é a ÚNICA coisa que ela realmente faz bem, no que diz respeito à administração da loja. Ela é ótima para descobrir o que vai vender que nem água na nossa cidade — biografias e bonecas de Madame Alexander — e o que não vai vender — manuais e bonecos de personagens de desenho animado —, além de trabalhar nas vendas propriamente ditas.

Mas ela é péssima em contabilidade e pagamento das contas... Por isso é ótimo para ela quando eu estou por perto, agora que deu um pé na bunda em vovô.

Ainda assim, eu não estava muito animada com a ideia de contar a mamãe o que eu estava planejando. Pelo menos não agora. Não que ela já não esteja desconfiando de alguma coisa, principalmente quando desci hoje de manhã usando uma saia justa e ela perguntou "E aonde você vai? Ao colégio? Vestida *assim*?"

Nesse momento, percebi que passei tempo demais usando jeans e camiseta.

— A propaganda deve sair amanhã — disse a Mark. — Enviei por fax hoje de manhã bem cedo. Espero que atraia bastante gente.

— Ah, vai atrair sim — afirmou Mark com aquele sorriso de lado que fazia o meu coração disparar.

Olhei por cima do ombro dele e vi que Lauren fingia estar entretida em uma conversa animada com Alyssa Krueger sobre a novela *Paixões*.

Mas o seu olhar sempre se voltava para mim. E Mark.

— Vai ser demais — afirmou Mark. — As pessoas estão eufóricas. A cidade toda só fala nisso.

— Ótimo — respondi e dei o meu sorriso mais deslumbrante para ele.

Para minha tristeza, porém, ele pareceu não notar — talvez porque naquele exato momento Todd disse:

— Ei, Mark, você vai à festa de sexta-feira?

— Claro que vou — respondeu Mark com o sorriso de lado que era a sua marca registrada. — Nunca perdi uma das festas de comemoração de volta às aulas de Todd Rubin, né?

— Sexta-feira? — Darlene parou de analisar as cutículas e olhou para eles. — Vai chover na sexta.

Todos olhamos para Darlene porque ela não costumava estar a par dos eventos atuais.

No entanto, parece que a previsão do tempo é um assunto diferente, porque, ao notar nossos olhares surpresos, Darlene explicou:

— Eu sempre vejo a previsão do tempo para a semana antes de planejar o meu fim de semana tomando sol no lago.

O que, é claro, explicava tudo.

— Não dá para dar uma festa ao ar livre em um dia de chuva — afirmou Jeremy Stuhl franzindo a testa.

Todd pareceu preocupado.

— Vou pensar em alguma coisa — prometeu Todd, sem muita certeza.

Foi quando Lauren de repente apareceu ao lado de Mark.

— Oh, Mark — disse ela. — Você está com as chaves do seu carro? Acho que deixei o meu CD da Carrie Underwood lá e Alyssa queria emprestado. — Depois, fingindo me notar pela primeira vez, ela me cumprimento: — Ah, oi, Steph.

— Olá, Lauren — respondi. E esperei que as provocações começassem.

O que seria dessa vez. "Bonito cordão. Não é ouro *de verdade*, né? Meu Deus, você é tão Steph". Ou "Estou vendo que você está comendo a salada do chef. Qual é o problema, está com medo que o seu traseiro ocupe toda a cantina? Isso é tão Steph".

Mas ela não disse nenhuma dessas coisas. Em vez disso, colocou a mão nos bíceps de Mark e começou:

— Meu pai está muito animado com esse leilão. Adivinha quem ele quer comprar?

Mark pareceu bastante surpreso.

— Quem?

— *Você,* bobinho — afirmou Lauren, jogando a cabeça para trás e começando a dar uma risada contagiante.

Ou pelo menos ela achou que seria contagiante.

Mark fechou o rosto.

— Mas eu trabalharia para o seu pai sem cobrar nada, linda.

— Bem, é melhor não dizer isso a *ele* — orientou Lauren. — Ele vai querer colocar você na loja todos os dias. Você faz ideia de quantas vendas poderia fazer? Tipo, você é o zagueiro. E se vocês derrotarem o time da universidade então, nem se fala.

As chances do Fighting Fish vencer o time da universidade eram muito pequenas, e todos sabíamos disso. Inclusive Mark. Mas todos concordamos, dizendo:

— É claro! — Como se realmente acreditássemos nisso.

— Nossa, gata — disse Mark. — Vai ser muito legal se o seu pai me comprar.

Lauren chegou a brilhar.

Não pude deixar de sentir um pouco de pena dela. Porque não tinha jeito do pai de Lauren Moffat comprar Mark Finley no leilão de quinta-feira. Não se eu e a carteira de Emile Kazoulis pudéssemos evitar.

Os olhos são tudo!

Você pode não saber, mas seus olhos são a sua arma mais poderosa para conseguir ser popular.

As pessoas que mantêm contato visual são consideradas líderes naturais.

Então, da próxima vez que alguém olhá-la nos olhos, não se envergonhe — olhe diretamente para os olhos dela também!

E certifique-se de maquiar os olhos de forma que eles fiquem mais realçados (mas não exagere!) e conquiste todos à sua volta com o seu olhar hipnótico.

Quinze

AINDA O SEGUNDO DIA DE POPULARIDADE
TERÇA-FEIRA, 29 DE AGOSTO, 16H

Acho que morri e fui para o céu.

Mas as coisas não pareciam bem assim no começo. Quando cheguei ao estacionamento depois da aula e olhei em volta procurando Jason, notei que o carro dele não estava lá. Depois notei Becca em pé perto do estacionamento de bicicletas, parecendo mais infeliz do que quando descobriu que Craig de *Degrassi* tinha distúrbio bipolar.

— Cadê o Cara de Urubu? — perguntei.

E isso foi o suficiente para ela se desmanchar em lágrimas.

— Ele disse que tinha de fazer umas coisas para o casamento da avó — informou ela, com os olhos molhados. — E que ele sentia muito, mas não teria tempo de nos levar para casa antes e que teríamos de pegar o ônibus! O ÔNIBUS! Como ele pôde fazer uma coisa assim com a gente? Andar de ônibus, Steph!

Achei que ela estava exagerando um pouco no drama, mas eu sabia o que ela queria dizer. Uma vez que você vai para o colégio em uma BMW, ter de voltar a usar o ônibus é dureza.

Mesmo que já tenha começado a enjoar um pouco dos Bee Gees.

— Não se preocupe com isso — disse eu, batendo de leve no ombro dela, tentando consolá-la. — As coisas *estão* meio confusas agora por causa do casamento e tudo e...

— Acho que ele está mentindo — interrompeu Becca, enxugando as lágrimas com as costas das mãos. — Porque ele levou Stuckey com ele. STUCKEY! Sabe sobre o que Stuckey ficou falando o tempo todo durante o almoço de hoje? Da final do campeonato de basquete de Indiana de 1987! Ele nem era nascido em 1987. Mas ele sabia cada detalhe idiota. E não parava de falar sobre isso. E Jason deu carona para ele, e não para nós. Acho que ele não quer mais ficar com a gente porque tenho ficado muito quieta ao lado dele, por causa do meu amor por ele, e porque você está tão...

Ela parou de falar e mordeu o lábio.

— Estou o quê? — perguntei, mesmo sabendo a resposta.

— Você está tão estranha! — reclamou Becca, como se fosse um alívio finalmente poder dizer isso. — Como assim, sentar na mesa com Darlene Staggs? Ela é uma piranha.

— Ei — disse eu de forma gentil. — Darlene não é piranha. Só porque ela tem peitões, isso não significa...

— Eles são uns esnobes vendidos — lembrou Becca.

— Podem até ser — respondi. — Mas isso não é motivo para julgar as pessoas. Darlene é muito legal. E você saberia disso se almoçasse comigo.

— Aquelas pessoas não querem conversar comigo — afirmou Becca, cabisbaixa. — Afinal, para eles, eu ainda sou aquela garota boba da fazenda que costumava dormir durante as aulas.

— Bem, talvez caiba a você provar a eles que não é mais aquela garota — sugeri. — Agora, vamos embora. Vamos tentar pegar o ônibus antes que...

E então eu soltei um palavrão e teria de contar para o padre Chuck na confissão da semana que vem.

— O que foi? — perguntou Becca. — O que houve?

Eu estava olhando para o relógio.

— Perdemos o ônibus — eu disse com voz firme.

Becca repetiu o palavrão.

— E agora? O que vamos fazer? — choramingou ela.

— Tudo bem. — Estava ficando quente no estacionamento e eu estava começando a suar. A escova do meu cabelo não ia aguentar muito tempo e logo ia começar a ficar enrolado. — Vou ligar para o meu pai e ele vai vir nos buscar.

— Ai, meu Deus — gemeu Becca.

O que era totalmente compreensível e eu não fiquei nem um pouco ofendida. Não havia nada pior do que o pai vir pegar a gente no colégio.

E foi aí que o milagre aconteceu.

— Oh, oi, Steph — cumprimentou uma voz familiar, mas que ainda me dava um frio no estômago todas as vezes que eu ouvia.

Eu sabia quem era antes mesmo de me virar porque a pele do meu braço tinha ficado totalmente arrepiada.

— Oi, Mark — respondi em tom causal, quando me virei.

E então, para o meu desapontamento, percebi que Lauren e Alyssa estavam com ele.

Bem, o que eu esperava? Ele é o cara mais popular do colégio. Será que eu realmente achava que ele ia a *algum lugar* sozinho?

E foi nesse momento que as coisas começaram a melhorar...

— Qual é o problema? — perguntou Mark, notando as lágrimas de Becca (era difícil não notar, apesar de suas tentativas de ocultá-las). — Perderam a carona?

— Parece que sim — respondi com um sorriso que apenas Mark retribuiu.

Lauren e Alyssa só ficaram olhando para a minha cara.

Mas tudo bem. Graças ao Livro, eu sabia como deveria agir nessa situação, ou seja, sorrir para elas.

— Cara, que chato! — comentou Mark. Eu não podia ver os olhos dele porque estavam ocultos atrás das lentes do Ray-Ban. — Eu até daria uma carona para vocês, mas tenho de ficar para o treino. Eu só estava acompanhando Lauren e Alyssa até o carro.

— Ah, não se preocupe conosco — disse eu de forma alegre. Pelo menos, eu esperava que a minha voz estivesse soando alegre. — Vamos dar um jeito.

— Ah, já sei! — exclamou Mark.

E eu sabia — sabia mesmo, talvez porque Mark fosse o amor da minha vida — o que ele ia dizer.

— Gata, por que você não dá uma carona para elas? — sugeriu Mark para Lauren.

Mas Mark também deve ser o amor da vida DELA, porque ela também parecia saber o que ele ia falar e tinha a resposta pronta. Ou pelo menos foi o que pareceu, quando ela respondeu rapidamente:

— Ai, que pena, amor. Eu queria dar carona a elas, mas elas moram no centro e você sabe que fica fora do meu caminho.

Isso era verdade. Lauren e sua família moravam em uma das novas mansões modernas que ficavam a uns cinco quilômetros de distância das mansões da virada do século (XIX e não XX), que ficavam próximas ao tribunal de justiça, como eu e Becca.

— É, eu sei, mas você não ia passar na Benetton para escolher uma roupa nova para a festa de sexta-feira? — perguntou Mark. — Achei ter ouvido vocês dizerem isso.

Lauren tinha caído em uma armadilha e sabia disso. Mark deixara bem claro que era muito grato pela minha brilhante ideia do leilão de talentos. Ela não se atreveu a fazer pouco de mim na frente dele. Então Lauren não tinha mais nada a fazer, a não ser sorrir para mim e dizer:

— Ah, é claro. Eu tinha esquecido. E então, meninas, querem uma carona?

Do meu lado, Becca engoliu em seco. Mas eu respondi, ainda tentando parecer alegre:

— Claro que sim, Lauren. Isso seria ótimo.

— Ótimo — concluiu Mark.

E então, como o supernamorado que era, ele acompanhou nós quatro até o conversível vermelho de Lauren, que brilhava ao sol.

— Vejo você mais tarde, querida — disse Mark se inclinando para beijar Lauren, depois de ter segurado o banco da frente para Becca entrar (ela ficou tão surpresa com isso, que esqueceu de dizer que tinha de ir na frente, devido à tendência de enjoar no carro) e ajudou Lauren a entrar no carro de forma tão gentil como se ela fosse feita de porcelana.

— Bom treino — desejou Lauren, mexendo a mão e fazendo as unhas pintadas à francesinha cintilarem.

E então ela saiu do estacionamento.

Como assim? Becca e eu estávamos no banco de trás da BMW de Lauren Moffat?

150

Uma parte de mim já tinha se preparado para a possibilidade de Lauren, assim que Mark sumisse de vista, parar no acostamento cantando os pneus e nos mandar SAIR, gritando como aquele fantasma de *Horror em Amitylville*.

Mas ela não fez isso. Na verdade, começou a puxar papo. LAUREN MOFFAT ESTAVA PUXANDO PAPO COMIGO.

— Então — começou ela. — Vocês não costumam pegar carona com aquele cara? Aquele Jason? O que aconteceu com ele?

Adorei o modo como Lauren se referiu a Jason como "aquele Jason"? Como se nunca tivesse sentado ao lado dele durante a segunda série e interpretado a Branca de Neve quando ele era o Príncipe Encantado em uma peça do colégio (eu fui a Bruxa Má, e é claro que chorei à beça por ter recebido esse papel e não o da Branca de Neve, até que vovô me disse que sem a Bruxa Má não haveria história, então ela era a mais importante).

— Ele tinha umas coisas para fazer — respondi.

— Para a avó — completou Becca. — A avó dele vai se casar com o avô de Steph nesse fim de semana.

Nossa, isso é que era dar muita informação. Lancei um olhar *Fica fria* para Beca. Mas ela já tinha começado a falar como uma tagarela.

— Steph vai ser dama de honra — continuou ela. — E Jason o padrinho.

— Isso não é meio um incesto? — perguntou Lauren, lançando um olhar divertido para Alyssa, que estava tomando a sexta Coca Light do dia e tentou disfarçar o riso.

— Por que seria um incesto?

— Steph e aquele Jason não estão saindo juntos? — quis saber Lauren.

— O QUÊ? — Becca parecia ter levado um tapa no rosto. — Não, eles não estão *saindo juntos*.

— É mesmo? — Lauren me olhou pelo espelho retrovisor. — Sempre achei que vocês ficassem. Tipo assim, vocês estão sempre colados desde, sei lá. O jardim de infância?

Olhei diretamente nos olhos dela pelo espelho.

— Jason e eu somos amigos.

— *Apenas* amigos — enfatizou Becca, se inclinando para a frente para segurar o banco de Alyssa. — Eles são *apenas* amigos. Jason não tem namorada.

Fala sério. Tudo bem que ela acha que ele é o amor da vida dela e tudo. Mas será que dava para ela se acalmar?

— Ah — disse Lauren, sorrindo para Alyssa. — Isso é um alívio.

— É mesmo — concordou Alyssa, bebendo o resto do refrigerante. — Tipo, um gato como ele estar sozinho e tudo.

Então as duas começaram a dar umas gargalhadas meio histéricas.

Olhei para o topo da cabeça delas com raiva. Jason até podia ser meio esquisito, mas era o MEU esquisito. Como elas se atreviam a debochar dele?

Eu também não estava muito feliz com Becca nesse momento. Por que ela não conseguia manter a calma uma vez na vida?

Lauren fingiu não saber onde eu morava, mesmo quando afirmei que ela estivera lá em casa uma vez. Ela agiu como se não lembrasse da granola queimada ou o incidente com a Barbie da Força Especial da Marinha.

Não há nada no Livro que fale sobre amnésia seletiva para se tornar popular, mas obviamente essa era uma parte crucial do processo. Você tinha basicamente de esquecer tudo de ruim que as pessoas já fizeram com você no passado, para seguir em direção a um futuro melhor. Talvez quando tudo isso acabar e eu tiver me tornado popular, eu escreva o meu próprio livro.

Oh, espere um pouco! Eu já SOU popular: Lauren Moffat acabou de me dar uma carona.

E ela nem foi cruel comigo.

O fato de Jason estar esquisito e se recusando a me dar caronas pode ser a melhor coisa que já me aconteceu.

Os planetas giram em torno do Sol — as pessoas giram em torno de pessoas iluminadas como o Sol!

Quem não gosta de estar perto de pessoas alegres e felizes?

Por isso, se você realmente quer ser popular, é importante irradiar entusiasmo e simpatia em todas as situações.

Não permita que nuvens de tempestade obscureçam o seu modo de ver a vida! Mantenha o céu azul e o bom humor, e todo mundo vai querer estar perto de você e pegar um pouco do seu brilho.

# Dezesseis

AINDA O SEGUNDO DIA DE POPULARIDADE
TERÇA-FEIRA, 29 DE AGOSTO, 23H

Nem todo mundo acha que esse negócio de Jason estar nos dando bolo é legal. Becca está obcecada com isso.

> Scrpbooker90: Você já falou com ele? Ele disse alguma coisa? Tipo assim, sobre mim?

> StephLandry: Como eu poderia ter falado com ele? Eu não o vejo desde hoje de manhã, assim como você.

Só que isso era uma mentira, é claro. Eu o tinha visto trocando de roupa no quarto dele meia hora antes.
Mas como eu não ia mencionar isso nem para o padre Chuck, para quem eu conto (quase) tudo, eu certamente não contaria para Becca.

155

Scrpbooker90: Bem, o que você acha que vai acontecer amanhã? Quer dizer, será que vamos ter de pegar o ônibus?

StephLandry: Acho que temos de nos preparar para essa possibilidade.

Scrpbooker90: Eu não vou fazer isso. NÃO VOU MESMO. Vou pedir a papai para nos levar. Meu Deus, por que Jason está FAZENDO isso com a gente? Você acha que pode ser porque ele percebeu que tem sentimentos por mim e não consegue mais ficar perto de mim, pois ele acha que nunca poderá me ter porque não sabe que eu me sinto do mesmo modo?

Dava para perceber que Becca tinha lido alguns dos romances de Kitty que emprestei para ela. Espero que ela não tenha lido sobre o lance do estilo turco ainda. Porque eu sabia que ela iria perguntar aos pais o que aquilo significava e, de algum modo, eu ia me encrencar.

StephLandry: Hã, talvez.

Scrpbooker90: Bem, será que você pode PERGUNTAR a ele? Você acha que ele CONTARIA para você? Talvez eu devesse pedir para o Stuckey perguntar a ele. Você acha que eu devo pedir ao Stuckey?

StephLandry: Claro. Com certeza, você deve pedir ao Stuckey.

Qualquer coisa para sair dessa furada.

Scrpbooker90: Vou fazer isso. Vou pedir ao Stuckey. Ele faz aula de química comigo. Vou pedir amanhã mesmo. Obrigada, Steph. Você é tudo!

Mas Becca era uma das poucas pessoas que pensava assim. Tipo assim, que eu era tudo. Porque eu ainda estava recebendo e-mails da SteffDeveMorrer.
Que bom. Muito bom mesmo.
Juro que se eu não tivesse a janela de Jason para observar, eu teria enlouquecido.
E eu sei que é errado espioná-lo desse jeito. SEI MESMO.
Mas a visão dele — principalmente de cueca samba-canção — me acalma como nada mais nesse mundo.
Na verdade, é o mesmo tipo de calma interior que senti quando usei a cueca dele do Batman porque tinha feito xixi na minha calcinha.
Eu me pergunto o que isso deve significar.

Não seja esnobe!

Ninguém gosta de gente arrogante, que se acha superior aos demais.

É verdade que nem todos foram abençoados com beleza, inteligência, habilidades atléticas ou riqueza.

Mas só porque você tem uma ou mais dessas características não é motivo para pensar — ou agir — como se fosse melhor do que os outros.

Uma pessoa popular costuma ser modesta e permite que os outros percebam suas boas qualidades. Ela nunca fica se gabando.

 # Dezessete

TERCEIRO DIA DE POPULARIDADE
QUARTA-FEIRA, 30 DE AGOSTO, 9H

Jason, na verdade, parou em frente à minha casa enquanto eu estava em pé esperando o Sr. Taylor chegar com Becca, para nos levar até o colégio.

A janela do carona baixou e os vocais de Roberta Flack chegaram aos meus ouvidos.

— Calça maneira — disse Jason, se referindo ao meu jeans *stretch* escuro, no qual, devo dizer, fico muito bem.

— Obrigada — respondi.

— Bem — disse ele meio impaciente, depois de um minuto. — Você vai entrar ou não? Cadê a Bex?

— O pai de Becca vai nos levar ao colégio hoje — informei. — Achamos que, depois de ontem, você não estava mais interessado em fazer isso.

— Fazer o quê?

— Nos levar para o colégio.

Jason tirou o cabelo do rosto. Kitty tinha razão. Ele PRECISAVA cortar o cabelo antes do casamento.

— Eu expliquei à Becca — disse ele tentando manter a compostura — que eu tinha de fazer umas coisas para a minha avó. Isso não significa que eu não quero mais dar carona para vocês. Eu só não pude fazer isso ontem.

— Ah, tá — disse eu, nem um pouco convencida e deixando isso bem claro.

— Eu tive de ir buscar no calígrafo os cartões que marcam os lugares nas mesas para vovó — continuou Jason. — Para a recepção.

— É claro que teve — respondi.

— E depois tive de entregar uns negócios na gráfica. Tipo assim, não é como se vocês não pudessem pegar o ônibus. Ele deixa vocês praticamente na frente da sua casa.

— Claro que deixa — respondi. — Mas, se você tivesse nos falado com antecedência, então poderíamos ter ido até a entrada da frente para pegá-lo.

Jason olhou para mim.

— Vocês perderam o ônibus?

— Sim — respondi. — Mas tudo bem. Pegamos carona com Lauren Moffat.

Jason empalideceu.

— Não na 645Ci.

— É, nessa mesmo.

Jason deu um soco no volante.

— O que está acontecendo? — gritou ele.

O que não é muito legal, porque não moramos em uma rua muito barulhenta. Há muitas pessoas ricas e velhas que moram na nossa rua — mesmo que a minha família não seja exatamente o que se chama de rica, muito menos velha. Eu vi a cortina da casa da Sra. Hoadley levantar enquanto ela tentava descobrir o que estava acontecendo na frente da casa dela (não é fácil morar do outro lado da rua de uma família com sete — quase oito pessoas. Na verdade, no Halloween, mamãe nos obriga a jogar fora tudo que ela nos dá, achando que talvez esteja envenenado. Mas como, para uma pessoa rica, a Sra. Hoadley é superavarenta e só nos dá balinhas baratas, nunca ligamos muito).

Mas Jason pareceu não perceber ou ligar para o fato de que sua explosão estava atraindo a atenção de nossos vizinhos geriátricos.

— O que *aconteceu* com você? — gritou ele. — Por que você está agindo de forma tão *estranha*?

— Eu poderia perguntar o mesmo a você — respondi, mantendo a calma.

— Eu não estou agindo de forma estranha — gritou Jason. — *Você* está. E a Becca, que não para de me seguir! É como ter um cachorrinho desesperado nos meus calcanhares o tempo todo! E desde quando você pega carona com LAUREN MOFFAT?

Naquele momento eu vi o Cadillac do Sr. Taylor parar atrás da B. Felizmente, o vidro das janelas estava levantado e era muito improvável que Becca tivesse ouvido o que ele tinha gritado sobre ela. Pelo para-brisa, vi que o Sr. Taylor parecia sonolento e confuso, enquanto olhava para o carro de Jason, parado no meio da rua. Então ele buzinou.

— É a minha carona — disse eu para Jason. — Tenho que ir.

E virei para entrar no banco de trás do carro refrigerado do Sr. Taylor.

Não havia música alta e triste de Roberta Flack, o que era um alívio. O Sr. Taylor costumava ouvir as notícias no rádio.

— O que Jason está fazendo aqui? — perguntou Becca, toda animada. — Ele veio nos pegar? Será que devemos ir com ele? Ai, meu Deus, desculpe, papai, mas...

— Espere — chamei, enquanto Becca tentava abrir a porta. — Não faça isso. Deixe...

— Mas ele quer nos dar carona, então nós poderíamos...

Felizmente, nesse momento, Jason deu a partida e seguiu para o colégio.

— Ah — suspirou Becca com a mão na maçaneta. — Ele foi embora.

— Foi melhor assim — afirmei. — Pode acreditar.

— Eu não estou entendendo nada, meninas — reclamou o Sr. Taylor em voz baixa e sonolenta. — Mas será que posso levá-las para o colégio e voltar para casa e dormir?

— Sim, senhor — respondi. — Sinto muito. Jason só está de mau humor.

— Ele disse alguma coisa sobre mim? — perguntou Becca cheia de esperança.

— Hã. Não.

Becca encostou no banco, sentindo-se desapontada.

— Droga.

Mas eu sabia que a verdade a decepcionaria ainda mais.

Como reconstruir sua reputação

Se você já cometeu uma gafe social séria (ou há rumores de que já fez isso), não entre em pânico. Sua reputação tem conserto. Mesmo um jarro enegrecido pelo tempo pode ser lustrado para voltar a brilhar!

Para fazer com que esqueçam o seu erro no passado, é importante ser mais útil e agradável do que o normal. Faça tudo o que for possível para ajudar os outros por um tempo. Seja o que for que você tenha feito (ou que dizem que fez) que tenha ofendido o seu círculo social, é importante que você peça desculpas.

Pode acreditar que os outros vão perdoar e esquecer!

Mas tenha mais cuidado no futuro.

Dezoito

**AINDA O TERCEIRO DIA DE POPULARIDADE
QUARTA-FEIRA, 30 DE AGOSTO, 13H**

Eu me atrasei para o almoço porque tive de correr para pedir a ajuda dos professores para o leilão de amanhã à noite — o Sr. Schneck, o diretor de teatro, concordou em ser o leiloeiro, o que nos daria o tom certo de diversão durante os procedimentos... pelo menos na minha opinião, embora ele não pareça pensar assim —, então fiquei muito surpresa quando cheguei à mesa de Darlene e vi Becca sentada ali, parecendo muito triste.

Ela se animou um pouco quando me viu.

— Oh, oi — cumprimentou ela. — Será que eu posso sentar aqui? Tudo bem para você? Eu pedi para eles. — Com a cabeça, ela indicou Darlene, que estava comendo uma banana para êxtase de seus admiradores. — Eles disseram que tudo bem, mas...

— É claro que não tem problema — respondi, apoiando a minha bandeja com salada de atum. — Mas por que você não foi almoçar fora com Jason?

— Ah — suspirou Becca, revirando o seu hambúrguer (sem o pão — Becca está sempre fazendo a dieta de South Beach) com o garfo e sem me olhar nos olhos. — Eu falei com Stuckey.

Senti uma raiva assassina tomar conta de mim. Se Stuckey falou alguma coisa para magoá-la — o que era bem a cara dele, porque ele não tinha noção de nada nessa vida, a não ser o basquete —, ele poderia se considerar um homem morto.

— O que ele disse? — perguntei, tentando manter a calma.

— Só disse que, se eu quisesse que Jason gostasse de mim, eu tinha de largar um pouco do pé dele. Ficar menos disponível — Becca tomou um gole de sua Coca Light, toda tristonha. — Stuckey disse que Jason é o tipo de cara que gosta de garotas difíceis.

Todd Rubin bufou, mesmo que nenhuma de nós estivesse falando com ele.

— Eu não, cara — disse ele. — Eu gosto de mulheres que saibam o seu lugar.

Ele indicou o lugar apontando para o ponto que ficava logo abaixo da pélvis dele, para a diversão dos amigos.

— Ah, é mesmo, Todd? — Darlene tinha acabado de comer sua banana e agora estava se espreguiçando, o que fez com que todos os garotos da mesa olhassem para o peito dela. — E que lugar seria esse?

— Hã — respondeu Todd, com a boca um pouco entreaberta. — Qualquer... lugar... que você queira. Qualquer um mesmo.

Darlene pegou a latinha de Coca Light e balançou, indicando que estava vazia.

— Ah, não! Já acabou! Será que você poderia ser bonzinho e pegar mais uma para mim?

Todd praticamente tropeçou nos pés na pressa de pegar outro refrigerante para ela. Darlene olhou para Becca com um sorriso compreensivo. Não foi difícil perceber.

De repente, percebi que Darlene não era tão burra quanto fingia ser.

— Acho que Stuckey pode estar certo — disse eu, olhando para Becca.

— Eu sei — suspirou Becca. — Ele foi muito útil. Stuckey, quero dizer. Ele disse que não acha que o lance entre Jason e Kirsten seja sério.

Agora era a minha vez de bufar.

— É claro que não é sério — disse eu. — Porque não há nada entre eles. Talvez apenas na cabeça de Jason. E mesmo que tivesse, Kirsten não é a garota certa para ele. Você já viu os cotovelos dela?

— Cotovelos? — repetiu Becca.

— É. A pele é esquisita e seca.

— Odeio isso — afirmou Darlene. — É por isso que passo manteiga de cacau pura nos meus todas as noites antes de dormir.

Ela puxou a manga para nos mostrar. Darlene realmente tinha os cotovelos mais bonitos que eu já vira, um sentimento que todos os caras da mesa, incluindo Todd, que já tinha voltado com o refrigerante de Darlene, compartilhavam.

Vou usar esse truque da manteiga de cacau.

— Bem, Stuckey disse que não acha que Jason goste de Kirsten, daquele jeito, sabe — continuou Becca. — Ele disse que ele só finge que gosta de Kirsten para as pessoas não desconfiarem de quem ele gosta *mesmo*.

Fiquei intrigada. Não fazia ideia de que Stuckey era um observador tão perspicaz dos seus amigos homens.

— E de quem Stuckey acha que Jason gosta?

Becca deu de ombros.

— É isso. Stuckey não sabe. Ele disse que Jason nunca conversa sobre essas coisas, sobre garotas, com ele. Mas eu não consegui parar de pensar que... bem, você acha que a garota de quem Jason gosta pode ser, bem... eu?

— Sei lá — respondi de forma sincera.

Porque eu realmente não fazia a menor ideia. Mas fui bastante cuidadosa para não acrescentar "Mas duvido muito". Em vez disso, perguntei:

— O que mais Stuckey disse?

Só porque a ideia de Stuckey ter uma conversa que não envolvesse o time de basquete da Universidade de Indiana ainda me surpreendia.

— Oh, vamos ver — pensou Becca por um minuto e depois se iluminou. — Ele disse que, se eu quiser fazer um *tour* pelo campus da Universidade de Indiana, é só avisá-lo que ele me leva até lá e me mostra o Assembly Hall, que é o local onde os Hoosiers jogam basquete.

Agora sim, esse parecia bem mais com o Stuckey que eu conhecia.

Mark e Lauren escolheram *esse* momento para a habitual visita diária à nossa mesa.

— Tudo certo para amanhã à noite, Steph? — perguntou Mark, enquanto Lauren passava o braço pela sua cintura, se pendurando nele como se fosse um poncho.

Como sempre, Alyssa Krueger estava bem atrás deles, como se fosse a fada Sininho do casal...

— Tudo às mil maravilhas — respondi, abrindo minha pasta oficial do leilão de talentos da Bloomville High. — O anúncio vai sair no jornal de hoje à noite. Temos mais de cem pessoas inscritas para serem leiloadas. Dependendo de quantas pessoas aparecerem, acho que vamos conseguir arrecadar mais dinheiro do que qualquer lava-carros patrocinado pelo colégio já arrecadou.

— Nossa — exclamou Mark, com os olhos castanhos-claros brilhando. — Isso é ótimo! Você fez um excelente trabalho.

— Obrigada — respondi, sem, é claro, poder evitar ficar com o rosto vermelho.

Existem coisas sobre as quais não se tem controle.

Como o que aconteceu a seguir. Quando Mark, Alyssa e Lauren passaram, um bilhete bem dobradinho caiu na minha pasta, parecendo ter caído do céu ou algo assim.

Ninguém mais notou. Bem, ninguém, a não ser eu e Becca, que me observou de forma curiosa enquanto eu pegava o bilhete. As palavras PARA STEFF estavam escritas em letras de fôrma, indicando que era para mim mesma... Ou pelo menos para alguém chamado Steph, mas escrito por alguém que usava dois "f" em vez de "ph". Comecei a desdobrar.

Só precisei ver as primeiras palavras "Sua idiota, por que não arruma outra coisa para fazer?", para descobrir do que se tratava.

E quem tinha mandado.

O tom rosado que tingiu o meu rosto depois do elogio de Mark se tornou totalmente vermelho. Parecia que eu estava pegando fogo.

Mas isso não me impediu de empurrar a cadeira para trás, levantar e ir atrás de Mark e Lauren, levando o bilhete nas mãos.

— Ei, gente — chamei, alcançando o casal e Alyssa quando eles estavam prestes a sair da cantina. — Um de vocês deixou isso cair. Parece que é para alguém chamado Steff, mas como não é assim que se escreve o meu nome, deve ser para outra pessoa.

E eu entreguei o bilhete para Mark.

Alyssa começou a falar imediatamente.

— O que é isso? Eu não deixei isso cair. Nunca vi isso antes. Você viu, Lauren?

Mas Lauren só ficou parada, olhando com raiva para mim.

E eu olhei diretamente para ela. *Nem vem, Lauren,* tentei dizer com o olhar. *Porque agora eu tenho O Livro. E isso significa que você, Lauren Moffat, ESTÁ ACABADA.*

O rosto de Mark enquanto lia o bilhete mudou. O que será que estava escrito depois da primeira linha? Eu não fazia ideia, mas não estava nem aí. Vi que ele apertou os lábios e o rosto dele ficou tão vermelho quanto o meu. Só que, nele, isso ficou lindo.

Ele olhou diretamente para Lauren. E ela imediatamente se virou para olhar para Alyssa.

— Meu Deus, Al — disse ela. — Será que você precisa ser tão imatura assim?

O queixo de Alyssa caiu. Dava até para ver um pedaço de chiclete dentro de sua boca.

— Lauren — choramingou ela. — Foi sua... Como você pode...

— Como *você* pôde fazer uma coisa dessas? — Lauren arrancou o bilhete da mão de Mark e começou a rasgá-lo. — Como você pôde escrever essas coisas horríveis para a coitada da Steph? Ela só está tentando ajudar a turma de Mark a arrecadar fundos para a viagem de formatura. O que há de *errado* com você?

Os olhos de Mark se estreitaram em direção a Alyssa e ele começou a balançar a cabeça.

— Isso foi um golpe baixo, Alyssa — disse ele com voz profunda. — Muito baixo *mesmo*.

— Mas não fui eu que fiz isso — insistiu Alyssa. — Bem, quer dizer, fui eu, mas foi...

— Não quero ouvir mais nada — interrompeu Mark, em um tom de voz que não deixava dúvidas sobre por que ele havia sido eleito o jogador mais valioso do time e escolhido como zagueiro deste ano. Ele não tolerava desrespeito no time.

— Gostaria que você fosse embora agora.

Alyssa começou a chorar.

— Ir embora do co-colégio? — soluçou ela.

— Não — respondeu Mark, olhando para cima como quem procura ser paciente. — Não do colégio. Da minha frente. Saia já daqui.

Alyssa, com um olhar magoado para Lauren, colocou as mãos no rosto e partiu na direção do banheiro das meninas. Mark observou enquanto ela desaparecia de vista e olhou para Lauren.

— Por que ela fez uma coisa dessas? — perguntou ele, parecendo bastante surpreso.

— Sei lá — respondeu Lauren, dando de ombros inocentemente. — Será que ela ficou com ciúmes? Tipo, porque eu dei carona para Steph ontem à tarde? Talvez ela esteja preocupada que eu e Steph nos tornemos amigas e ela fique de fora ou algo assim. Você sabe como ela é insegura, né?

Agora era a minha vez de ficar boquiaberta. Nunca ouvi uma mentira maior na vida.

Mas, verdade seja dita, Lauren é uma mestra na arte da manipulação.

— É melhor eu ir até lá ver se ela está bem — disse Lauren.

— Não quero que ela se machuque ou coisa assim.

Se machuque? Clássico.

— Tudo bem — concordou Mark. — Vá logo.

Quando Lauren partiu — com um olhar de *Você vai pagar caro por isso* em minha direção — ele esticou o braço e me tocou de forma muito gentil.

No meu braço nu. Mark Finley. Tocou o meu braço.

— Você está bem?

Eu não podia acreditar que Mark Finley tinha me tocado. E perguntado se eu estava bem.

— Tudo bem — respondi, concordando com a cabeça. De alguma forma, consegui fazer a minha boca começar a funcionar de novo. — Não se preocupe.

— Não dá para acreditar que ela fez uma coisa dessas — disse Mark. — Sinto muito e espero que você não tenha ficado magoada nem nada.

Magoada? Eu passei os últimos cinco anos da minha vida ouvindo Alyssa Krueger — com a maioria das garotas populares com menos de 18 anos de Greene County — dizer para as pessoas não "darem uma de Steph". E aqui estava o cara mais popular do colégio — um cara de quem nunca ninguém debochou na vida — pedindo para eu não ficar magoada. Tudo bem, Mark. Tudo que você mandar.

— Não vou ficar — disse eu, dando um sorriso trêmulo... Trêmulo porque eu temia começar a chorar a qualquer momento.

— Ótimo — respondeu Mark.

E colocou um dedo no meu rosto. Apenas um dedo.

Mas foi o que bastou para eu ter 100% de certeza de que ele era o Amor da Minha Vida.

Mesmo que ele não soubesse disso ainda.

Melhores amigos

Melhores amigos são ótimos. Mas se você quer ser popular, não pode se limitar — ou limitar seu tempo — a apenas uma pessoa.

É importante ter tempo para fazer novos amigos — mas não se esqueça dos antigos!

Dezenove

AINDA O TERCEIRO DIA DE POPULARIDADE
QUARTA-FEIRA, 30 DE AGOSTO, 16H

A *Gazeta de Bloomville* é um jornal distribuído à tarde, então eu poderia ver como o anúncio tinha ficado assim que chegasse na Courthouse Square Books, onde eu trabalhava no turno das 16h às 21h todas as quartas-feiras.

    Antes de virar a página para a seção em que eu havia colocado o anúncio (perto das tirinhas e da coluna de Ann Landers — pois eu sabia que todo mundo lia essa parte primeiro), vi uma fotografia do observatório na primeira página, logo abaixo da manchete MORADOR LOCAL DOA OBSERVATÓRIO E O DEDICA À FUTURA ESPOSA. Havia uma fotografia de vovô dentro do observatório, com os braços abertos indicando a rotunda do teto e sorrindo.

    Peguei o telefone ao lado da caixa registradora e liguei para ele na hora.

    — Excelente matéria — disse quando ele atendeu.

    — Kitty está toda feliz — respondeu vovô, orgulhoso.

— É bom mesmo. Não existem muitos caras por aí que constroem coisas em sua homenagem.

— Bem — suspirou vovô. — Kitty merece.

— É claro que sim.

E eu estava sendo sincera.

— Fiquei sem notícias suas por um tempo — disse vovô. — Como está o negócio da popularidade?

Pensei em como me senti quando o dedo de Mark tocou o meu rosto. Foi só por um breve instante, mas com certeza tinha sido o momento mais especial de toda a minha vida.

— Excelente — respondi.

— Sério? — Será que eu estava imaginando coisas ou o meu avô parecia surpreso? — Que bom! As coisas estão bem para nós dois, para variar. E como vai a sua mãe?

Eu tinha acabado de passar por mamãe, que estava indo para casa colocar os pés para cima. Ela estava entrando no nono mês e seus tornozelos pareciam as pernas de Lauren com as meias altas brancas.

— Ela está bem — informei. — Mas não consegui nada no lance do casamento.

Vovô suspirou.

— Não posso dizer que eu não esperava por isso. A sua mãe é uma mulher muito teimosa. Você é um pouco parecida com ela nesse sentido.

— Teimosa, eu? — Não dava para acreditar. — Não sou teimosa.

Vovô só deu um longo assovio.

— Eu *não* sou teimosa.

E foi nesse momento que o sino da porta tocou e Darren, meu colega de trabalho para a noite, entrou, trazendo dois sorvetes *light* para nós dois.

— Nossa, está quente demais lá fora — reclamou Darren, entregando-me o sorvete sem gorduras, sem calorias e totalmente sem gosto. — É bem o verão de Indiana.

— Obrigada — agradeci. — Eu só tenho de terminar essa ligação.

Darren colocou o polegar para cima para mostrar que entendeu e foi até a vitrine de joias para organizar os brincos, a tarefa que ele mais gostava de fazer na loja.

— Hã, vovô — comecei eu. — Olha só... Talvez eu precise de um pouco mais de dinheiro emprestado. Faz parte do plano. Mas é para ajudar a loja dessa vez. E não a minha vida social.

Bem, pelo menos, não totalmente.

— Entendo — respondeu vovô. — Mas teremos de olhar as taxas de juros...

— Beleza.

Eu não ficava ofendida por vovô me cobrar juros nos empréstimos. Eu faria o mesmo se alguém pegasse dinheiro emprestado comigo. As pessoas que trabalham na televisão, como Judge Judy e minha ídolo Suze Orman, sempre dizem que nunca devemos emprestar dinheiro para familiares. Mas isso às vezes pode funcionar, se você fizer as coisas de um modo bem profissional, como se fosse um negócio qualquer.

— Vovô, você se lembra de como você me disse que sempre foi apaixonado por Kitty, mesmo quando vocês ainda estavam no colégio? Mas que ela sempre gostou de outra pessoa?

— Ronald Hollenbach — respondeu vovô, como se o nome o fizesse sentir um gosto amargo na boca.

— Isso. O avô de Jason. Bem, eu só estava me perguntando... Como você conseguiu afastá-la dele? Quer dizer, do Sr. Hollenbach?

— Foi fácil — afirmou vovô. — Ele bateu as botas.

— Ah.

Isso não ajudou muito. Eu queria algum conselho sobre como eu conseguiria roubar Mark de Lauren. O que eu não considerava errado nem nada porque Lauren era uma pessoa cruel e Mark era o cara mais legal da cidade. E ele merece alguém melhor do que Lauren. Mesmo que ele nem soubesse disso.

— Ganhar toda aquela grana do pessoal do Super Sav-Mart também ajudou — continuou vovô. — Kitty aprecia um bom jantar no Country Club de vez em quando.

— Certo. — Jantares, anotado. — Mas, tipo, você teve de conquistá-la, certo? Como você fez isso?

— Não posso contar — negou vovô. — Sua mãe me mataria.

— Vovô — argumentei. — Mamãe já quer matá-lo. Que mal pode fazer me contar como foi?

— É verdade — concordou ele. — Bem, o fato é que nós, os Kazoulis, somos pessoas muito passionais e sabemos como agradar uma mulher.

Engasguei com a boca cheia de sorvete.

— Obrigada, vovô — agradeci, assim que consegui falar de novo. — Acho que entendi.

— Kitty é uma mulher com certas necessidades, sabe, Stephanie? E...

— Ah, eu já sei disso — respondi rapidamente.

Tipo assim, dava para imaginar o tipo de necessidade de Kitty só de pegar o romance *As perigosas mentiras do amor* e ver como ele se abre bem na cena do estilo turco. Claro que ela deve ter lido muito aquela parte.

— Obrigada, vovô. Seus conselhos são ótimos.

— Sei que você é meio Landry — disse vovô. — Mas você tem 50% do sangue dos Kazoulis. Então você não deve ter nenhum problema...

— Opa! Um cliente acabou de entrar — menti. — Tenho de desligar agora, vovô. Falo com você mais tarde. Tchau.

Olhei para o telefone depois que desliguei. Ficou claro para mim que o vovô era ótimo para dar conselhos financeiros, mas que, quando eram assuntos do coração... Bem, não dava para contar com ele. Eu tinha de descobrir como afastar Mark de Lauren sem a ajuda do vovô.

— Oh, meu Deus! — exclamou Darren, aproximando-se com o seu sorvete. — Sabe o que a Shelley da sorveteria me contou? Que o colégio vai fazer um leilão de escravos amanhã à noite.

— Não é um leilão de escravos — informei, mostrando a ele o anúncio no jornal. — É um leilão de talentos. As pessoas oferecem seus talentos para a comunidade fazer lances. E não o seu... Sei lá o que você pode estar pensando.

— Ah — respondeu Darren, parecendo um pouco decepcionado. — E como você sabe tanta coisa a respeito disso?

— Porque — expliquei, tentando não parecer muito cheia de mim, já que orgulho é um sentimento muito semelhante à arrogância de acordo com O Livro, e essa não é uma característica desejável para uma garota popular. — A ideia foi minha. E sou eu que estou cuidando de tudo.

Darren pareceu chocado.

— Você? Mas você é...

Mas ele parou no meio da frase.

— Tudo bem, pode dizer.

— Ai, graças a Deus — suspirou Darren. — É só que... você é tão Steph Landry!

— É, mas não por muito tempo — informei com total confiança.

Quer conhecer uma maneira infalível de conquistar o coração e a mente das pessoas do seu círculo social?

Seja criativa!

Fale!

E siga em frente!

Não fique parada esperando que os outros tomem a decisão por você. Expresse suas opiniões/ideias... Faça com que os outros se animem com elas simplesmente mostrando o quanto você está animada também.

O entusiasmo vence.

E os vencedores são populares!

Vinte

QUARTO DIA DE POPULARIDADE
QUINTA-FEIRA, 31 DE AGOSTO, 18H

Passei o dia inteiro correndo feito uma louca para deixar tudo pronto para o leilão. Fazendo inscrições de última hora e depois levando os nomes para o Sr. Schneck para que ele pudesse ensaiar o que diria. Chamando o pessoal do clube audiovisual para organizar o sistema de som do ginásio para que todos pudessem escutar o leiloeiro. Pegando os leques de papelão (que eu consegui como uma doação da Funerária. Mas acho que as pessoas não vão ligar. Quer dizer, de serem lembradas de pessoas que já morreram na hora do leilão).

    As coisas estavam loucas. Eu não almocei NEM jantei. Nem fui para casa depois da aula. Ainda bem que Becca ficou comigo para ajudar e, surpreendentemente, Darlene. Acontece que Darlene é muito boa em fazer com que os outros ajudem. Se ela não tivesse ficado, não sei o que eu teria feito. Tudo o que ela precisa fazer é piscar os olhos e dizer "Será que vocês podem colocar o pódio aqui?" Era o que bastava para as pessoas, na verdade, os rapazes, brigarem entre si para ver quem faria o que ela pediu.

E ela não é tão burra quanto parece. Quando o pessoal da TV local apareceu, porque eles queriam filmar o leilão para exibir no final de semana, e eles não tinham os cabos adequados, Darlene virou-se para Todd.

— Todd, vá até a sala de Atolada e veja se ela pode emprestar o cabo coaxial que fica na sala dos professores.

E os caras da TV arregalaram os olhos parecendo surpresos.

— Como *você* sabia que o cabo se chama coaxial?

E Darlene percebeu que sem querer tinha deixado escapar algo inteligente e tentou se corrigir.

— Oh, eu disse isso? Nem sei o que estou dizendo.

Mais tarde, porém, quando os rapazes não estavam por perto, eu perguntei:

— Como você sabia qual era o cabo de que eles precisavam?

Darlene simplesmente respondeu:

— Dã-ã. Todo mundo sabe isso.

O que fez com que Becca perguntasse:

— Você REALMENTE não sabia que o mel vinha das abelhas aquela vez na oitava série?

Darlene riu.

— Eu sabia, mas aquela aula estava chata demais e eu queria animar um pouco as coisas.

— Mas agir como se fosse burra não faz com que as pessoas te esnobem? — quis saber Becca.

— Oh, não — respondeu Darlene. — Isso faz com que as pessoas façam as coisas para mim e eu tenha mais tempo para assistir à televisão.

Até que isso fazia um pouco de sentido.

Darlene e Becca não eram as únicas que estavam ajudando. Mark e um monte de caras do time chegaram logo depois do treino e ajudaram a pendurar a faixa PRIMEIRO LEILÃO ANUAL DE TALENTOS DA BLOOMVILLE HIGH que eu pintei durante o horário do almoço, com a ajuda de algumas garotas legais do último ano e Lauren — embora ela tenha se oferecido de má vontade.

Lauren chegou um pouco depois da aula também, acompanhada por Bebe Johnson. Sua sombra costumeira, Alyssa Krueger, não tinha sido mais vista ao lado de Lauren desde o lance com o bilhete PARA STEFF. Eu a vi de relance quando parei para pegar um refrigerante na cantina, antes de ir pintar a faixa. Aparentemente ela esperava que ninguém a notasse comprando um sanduíche de atum e saindo para comer sozinha, já que ela não era mais bem-vinda na mesa de Mark.

Eu devia ter me sentido muito bem com isso. Afinal, estava vendo uma das garotas mais populares do colégio fazendo o caminho da vergonha na cantina.

Para dizer a verdade, porém, isso só me entristeceu um pouco. Eu não tenho nada contra Alyssa Krueger. Pelo menos não muito. Tudo bem, ela é uma pessoa horrível e tudo.

Mas quem eu quero ver acabada mesmo é Lauren.

E VEREI isso hoje à noite. Se houver justiça no mundo.

Enquanto pintávamos a faixa, uma das garotas do último ano derrubou acidentalmente a lata de tinta bem na linha de lançamento da quadra e Lauren começou a rir.

— Nossa, Cheryl! — exclamou ela. — Não dê uma de Ste...

Todos sabíamos o que ela ia dizer. Mas ela desistiu no último minuto.

Olhei para ela e ergui uma sobrancelha (um truque que demorei horas na frente do espelho para aprender — para diversão de Jason — na quarta série depois que fiquei viciada no programa de Nancy Drew, que sempre levantava uma sobrancelha para as pessoas).

Cherry não notou a minha sobrancelha e continuou.

— Já sei, já sei. Não dê uma de Steph Landry. Será que alguém tem uma toalha de papel?

Como ninguém disse nada, Cheryl olhou para cima e viu que todos, inclusive eu, a olhávamos.

— O que foi? — perguntou, sem entender nada.

— *Eu sou* Steph Landry — afirmei, tentando não demonstrar a raiva que sentia.

Porque não é desejável demonstrar raiva se você quer se tornar popular.

Cheryl, uma ruiva bonita e membro da equipe de dança do colégio, as Fishnets (por causa do nome do time de futebol, Fighting Fish), continuou.

— Engraçadinha. Fala sério. Alguém tem um rolo de toalhas de papel?

— Estou falando sério — respondi.

Cheryl, percebendo que eu estava falando a verdade, foi ficando tão vermelha quanto a tinta que havia derramado.

— Mas você é... Tipo assim, você é... E Steph é... é... — gaguejou ela. — Eu *sei* que o seu nome é Steph, mas não sabia que você era AQUELA Steph. Tipo assim, a Steph não... atirou em alguém?

— Não — respondi.

— Não. Fala sério. E jogou um carro no lago Greene, ou qualquer coisa assim?

— Não. E eu saberia disso, porque eu sou a Steph Landry. E eu não fiz nada disso. A única coisa que fiz foi tropeçar e derrubar Fanta Uva na saia de alguém.

E lancei o que esperava ser um olhar significativo na direção de Lauren.

— Só isso? — Cheryl enrugou um pouco o nariz de dançarina. — Cara, eu adoro Fanta Uva. Tipo assim, é o melhor refrigerante.

— É — respondeu outra garota do último ano. — Mas mancha que é uma maravilha. — Eu derramei no tapete branco da minha mãe e ainda a ouço reclamar disso de vez em quando, sempre que ela fica aborrecida comigo por algum outro motivo qualquer.

— Nossa — disse Cheryl. — Vamos lá, gente, fala sério agora. Tenho de limpar essa tinta antes que seque. Alguém tem um rolo de toalha de papel?

E foi isso o que aconteceu. Lauren, com o rosto vermelho, voltou a pintar. E ninguém disse mais nenhuma palavra sobre isso.

E, depois de hoje à noite, ninguém mais falaria.

Arranje o que fazer, ou seja, o que fazer fora da escola!

É verdade que o colégio, estudar e tirar boas notas são coisas importantes.

Mas ninguém gosta de sabichões ou de chatos.

Então dê um tempo para os livros e tenha algum interesse que não seja relacionado ao colégio.

Não importa se o seu hobby é jardinagem, costurar, cozinhar, colecionar selos ou cavalgar. Procure algo que a torne interessante para os outros... E isso vai ajudá-la a cultivar talentos que você nem sabia que tinha.

Então, arregace as mangas e se envolva com algo!

Vinte e um

AINDA O QUARTO DIA DE POPULARIDADE
QUINTA-FEIRA, 31 DE AGOSTO, 20H

Começou.

E acho que eu não estaria sendo metida se dissesse que tudo estava indo bem DEMAIS.

E tudo bem, não conseguimos juntar as sete mil pessoas que normalmente lotam o ginásio como ocorre nos jogos de basquete, mas aposto que devia haver umas três mil pessoas ali. O que é muito mais do que conseguiríamos lavando carros.

E as pessoas estavam dispostas a gastar! Gordon Wu com suas três horas de aula de computador foi vendido por 35 dólares. Ganhamos 58 dólares com o cara que corta árvores. Uma garota que afirma que consegue ensinar a qualquer pessoa como preparar uma torta de morango e ruibarbo perfeita chegou a 22 pratas.

Mas até agora o melhor preço foi o das aulas de maquiagem de Darlene. Todd e os outros caras estavam competindo — em nome de suas mães. Todd venceu com o lance de 67 dólares.

Espero que a mãe dele valha a pena.

E, até agora, a única coisa que realmente me preocupava — alguém ficar lá no pequeno palco que construímos ao lado do pódio e NINGUÉM fazer um lance — ainda não aconteceu. Até Courtney Pierce, a CDF puxa-saco da turma, conseguiu lances para aulas de espanhol.

Então, não fiquei muito preocupada quando o Sr. Schneck leu o nome da pessoa a seguir e o talento que seria leiloado: Becca Taylor. Afinal, fazer álbuns de recortes é um hobby bem popular na nossa cidade. Existe uma loja — Get Scrappin' — totalmente dedicada a isso. Becca não é popular nem nada, — as pessoas ainda lembram de como ela dormia durante as aulas.

Mas *alguém* faria um lance por ela.

— Temos aqui Becca Taylor, uma aluna do ensino médio — começou o Sr. Schneck usando o discurso de leiloeiro.

Ele estava usando gravata-borboleta e suspensórios para a ocasião. Ninguém poderia acusar o Sr. Schneck de não ser devotado à arte.

— Becca está oferecendo três horas de dicas para pessoas que desejam se iniciar na arte dos álbuns de recortes. Será que temos alguém aqui interessado em começar a fazer isso, mas precisa de uma mãozinha? Então, a Srta. Becca Taylor é a pessoa certa. Ela vai até a sua casa, levando tesoura, adesivos, canetas e ideias de layout e várias páginas apropriadas para que você comece o próprio álbum. Então, o lance mínimo para esse serviço muito especial é de 10 dólares.

Virei-me e olhei para a arquibancada. Os bancos da frente, mais perto da quadra, estavam ocupados pelos populares que, em geral, são chamados até lá para receber prêmios, dançar com as Fishnets ou qualquer coisa assim.

E hoje à noite eu estava sentada com eles. Não apenas com eles... Na verdade, eu estava sentada *ao lado de* Mark Finley. Tudo bem que Lauren Moffat estava do outro.

Mas foi ele quem quis sentar do meu lado — ele entrou no ginásio, viu que eu estava na primeira fila, entregando os leques de papelão da Funerária, e sentou bem do meu lado.

Assim, todo o restante dos populares — exceto por Alyssa Krueger, que sentou no fundo, onde geralmente Jason e eu nos sentávamos nas poucas ocasiões em que éramos obrigados a ir a eventos no ginásio — sentou ali também.

E agora eu era um deles. Era da "galera VIP", uma das pessoas populares e bonitas. Eu tinha conseguido.

E todo mundo sabia. Eu podia sentir os olhares — Courtney Pierce e Tiffany Cushing e todas aquelas outras garotas não populares que não perdiam uma chance de dizer "Não dê uma de Steph Landry" perto de mim. Agora, elas estão com inveja. Eu *sabia* que estavam.

Mas elas não deviam ficar. Eu trabalhei duro para conseguir um lugar na primeira fila. Muito mesmo.

O ginásio estava cheio de rostos familiares, sendo que nem todos eram de alunos da Bloomville High. Dava para ver os pais de Becca olhando-a com carinho. Eles ficaram muito animados por verem que a filha finalmente estava participando de alguma atividade extracurricular. Logo na entrada, eles me perguntaram se os meus pais viriam, desejando sentar com eles. Eles ficaram meio decepcionados quando eu disse que eles estavam cansados demais para virem (minha mãe por causa da gravidez avançada e meu pai por causa dos meus irmãos menores).

Não mencionei que eles nem sabiam sobre o leilão. Bem, na verdade, eles sabiam — já que a cidade toda sabia —, mas eles não sabiam que era eu quem estava organizando tudo.

E lá estava o Dr. Greer, sentado ao lado da esposa e de um homem que parecia ser o prefeito — o PREFEITO tinha vindo... sozinho, já que ele e a esposa estavam passando por um processo horrível de divórcio e às vezes líamos alguns detalhes sórdidos na *Gazeta*. Atolada Wampler estava com eles, sendo que mal dava para reconhecê-la de jeans e suéter de algodão, em comparação aos terninhos pretos ou cinza que ela costumava usar. Ela não parava de olhar para o prefeito Waicukowski e nem de passar a mão pelo cabelo castanho. Estava meio óbvio que ela estava dando em cima dele.

E também era bem óbvio que ele não se importava.

No último minuto — um pouco antes de o Sr. Schneck dar a primeira martelada para o início dos lances — vi a última pessoa que eu esperaria ver em um evento escolar entrando pela porta lateral do ginásio: Jason.

Ele e o amigo Stuckey, um cara grande que tradicionalmente só usava camisetas enormes da Universidade de Indiana e bermuda. Os dois subiram as arquibancadas, mas não até o final, e se sentaram, olhando em volta. Vi que o olhar de Jason parou em mim. Ergui o braço e acenei para ele. Já que aparentemente é *ele* que tem um problema comigo e não o contrário. Bem, a não ser pelo lance de me chamar de Lelé.

Jason não acenou de volta. E eu *sabia* que ele tinha me visto.

Odeio confessar, mas isso meio que me magoou. Como ele pode me ignorar dessa forma? O que fiz para ele?

Exceto por ter aceitado uma carona na 645Ci de Lauren Moffat.

O que eu não chamaria de uma boa cortesia da BMW. Ele ficar me desprezando só porque eu andei na 645Ci de outra pessoa. Fala sério.

Mas tudo bem. Se ele quer ficar com raiva de mim por isso, o problema é dele. Por que vou me importar com isso?

É só que... bem, vai ser meio estranho quando ele tiver de me acompanhar até o altar no casamento de vovô no sábado à noite se não estivermos nos falando.

Ah, deixa pra lá.

Olhei para Becca, em pé no palco, bonita com calças capri cáqui e camiseta florida rosa. Ela usa tamanhos grandes... meio que como Stuckey. Só que as roupas que veste servem nela. Ela segurava um de seus álbuns de recortes e sorria para as arquibancadas.

Mas tinha algo errado com o modo como Becca estava sorrindo. Os dentes estavam aparecendo e tudo, mas o sorriso não chegava até os olhos azuis. Ele meio que parava na gengiva.

Foi então que notei que seus lábios tremiam.

E foi quando o Sr. Schneck, o leiloeiro começou a dizer:

— Vamos lá, gente! Este é um serviço que não se encontra em outro lugar. Sei que fazer um álbum de recortes é um hobby bem popular nessa comunidade, porque tem noites que não consigo ir ao Sizzler porque o clube de recortes se reúne lá e não sobra mesas vazias. Será que ouço um lance de 10 dólares para essa talentosa senhorita?

E de repente me dei conta que ninguém estava fazendo lances por Becca.

Foi como um pesadelo virando realidade. Becca estava ali em pé, sozinha, com um sorriso corajoso nos lábios e tentando não cair no choro, e os dedos que apertavam o álbum de recortes estavam ficando cada vez mais brancos.

— Temos aqui um lance de 10 dólares — disse o Sr. Schneck para meu alívio. — Será que ouço quinze? Quinze dólares?

Virei na cadeira para ver quem tinha erguido o leque de papelão...

Meu coração afundou. Tinha sido o Sr. Taylor. O PAI de Becca fizera o único lance.

E isso era pior do que se ninguém tivesse dado lance nenhum.

— Que foi, Steph? — perguntou uma voz profunda ao meu lado.

Virei para o meu outro lado...

E quase dei uma cabeçada em Mark Finley, cujos olhos castanhos-claros estavam me olhando com preocupação.

— Você parece chateada — afirmou Mark. — Está tudo bem?

Apontei para Becca.

— A-alguém tem de fazer um lance por ela — disse. — Alguém que não seja o pai dela!

E antes que eu pudesse dizer qualquer outra coisa, Mark levantou o leque de papelão.

— Quinze dólares — gritou o Sr. Shneck, apontando para Mark. — Temos um lance de 15 dólares para as dicas de recortes feito pelo zagueiro do time do colégio. Será que ouço 20 dólares?

O ginásio ficou em silêncio no momento que Mark fez o lance. Era como se ninguém pudesse acreditar no que viam: o cara mais popular do colégio dando um lance para os serviços de conselhos para fazer um álbum de recortes de uma menina que tinha de ser acordada na hora dos intervalos. Dava para perceber que muita gente achava que ele tinha ficado maluco, inclusive Lauren, já que eu a ouvi cochichar:

— Querido, você só pode estar *brincando*!

Mas Mark não deu a mínima. Ele manteve o leque erguido. E o canto da boca de Becca parou de tremer.

— Vinte dólares, gente — provocou o Sr. Schneck. — Será que alguém quer fazer um lance de 20 dólares? Não? Então as dicas de recortes da Srta. Becca Taylor vão ser vendidas por 15 dólares. Dou-lhe uma. Dou-lhe duas. Vendi...

Mas antes que ele pudesse pronunciar a última sílaba da palavra *vendido,* uma voz ecoou pelo ginásio.

— Cento e sessenta e dois dólares e cinquenta e oito centavos!

Todo mundo virou para trás para ver quem estava disposto a pagar essa quantia exorbitante pelos talentos de Becca.

Não acho que fui a única a ficar totalmente surpresa de ver Jason em pé, com o leque levantado em uma das mãos e a carteira, cujo conteúdo ele acabara de conferir, na outra.

— VENDIDO! — gritou o Sr. Schneck — Para... para... aquele cara ali em cima, por 162 dólares e 58 centavos!

E deu a martelada final.

A popularidade pode ser comparada a uma casa.

Ela tem paredes, uma base forte e diversos cômodos.

Quanto mais funda for a base, mais fortes serão as paredes e maior a quantidade de cômodos.

É por isso que, assim como não existe casa com cômodos demais, não há pessoas com amigos demais.

Vinte e dois

AINDA O QUARTO DIA DE POPULARIDADE
QUINTA-FEIRA, 31 DE AGOSTO, 22H

Eu estava muito feliz por Becca. Estava mesmo. Acho ótimo que Jason a tenha comprado. Acho mesmo.

Só acho que ele não precisava ter feito um lance tão ALTO. Tipo, ele jogou 148 dólares fora, já que poderia tê-la comprado por 20 dólares.

Deixa pra lá. Foi muito bonito da parte dele.

Mas não tão bonito quanto o que aconteceu depois.

Quando Becca saiu do palco toda corada e feliz (e nem precisava ser adivinho para saber o porquê: ela estava achando que se Jason gastou tanto dinheiro com ela, ela TINHA DE SER a garota que Stuckey suspeitava que Jason gostava em segredo. Seria IMPOSSÍVEL lidar com ela depois disso. Eu não sei no que Jason estava pensando, não sei mesmo), o Sr. Schneck limpou a garganta e anunciou no microfone:

— Bem, Peixes de Bloomville, chegou o momento pelo qual todos estão esperando: o próximo talento a ser leiloado será o de modelo comercial do presidente da turma dos formandos, o capitão e zagueiro do time e eleito o Jogador Mais Importante do Time no ano passado, o nosso MARK FINLEY!

Os gritos e aplausos que seguiram essa declaração quase derrubaram o teto. Mark se levantou, sorrindo e acenando para as pessoas, e seguiu até o palco. Talvez o grito mais alto fosse o da sua namorada, Lauren, que não conseguia manter o traseiro no banco, de tanto que ela pulava, toda animada.

Quando chegou ao palco, Mark acenou novamente. Depois virou-se para o Sr. Schneck, que estava dizendo:

— Tudo bem, gente, por favor, vamos nos acalmar agora. Este é o momento de demonstrarem o QUANTO amam esse cara. Mark gentilmente ofereceu o seu tempo para fazer um comercial para alguma loja de sorte... Então vamos descobrir que proprietário sortudo vai levar esse cara. Os lances vão começar em...

Lauren ergueu o leque dela.

E o dela não foi o único.

O Sr. Schneck parou e disse:

— Ei, gente, eu ainda nem...

— Cem dólares! — gritou Lauren.

Eu sabia que ela só estava tentando causar a mesma sensação que Jason causou, ao oferecer uma quantia tão alta que imaginou que ninguém ultrapassaria.

Que pena para ela que mais dez pessoas pensaram o mesmo.

— Cento e vinte! — gritou o dono do Penguin.

— Cento e quarenta! — ofereceu Stan, o gerente da Courthouse Square Dinner.

— Cento e sessenta! — ultrapassou Lauren.

— Cento e oitenta! — berrou o prefeito Waicukowksi, que é dono de uma firma de contabilidade na cidade, a

Waicukowksi e Associados, cujo slogan é *Somos mais. Mais do que uma firma de contabilidade* (embora ninguém saiba o que isso quer dizer), sacudindo o leque.

— Duzentos — gritou Lauren.

Mark, no palco, parecia perplexo, embora também estivesse se divertindo.

— Duzentos e vinte — ofereceu o prefeito, que estava sentado ao lado do Dr. Greer.

Lauren, já cansada da competição, ficou em pé, abriu a bolsa, pegou o talão de cheques e leu a quantia total na conta:

— Quinhentos e trinta e dois dólares e dezessete centavos.

E sentou, parecendo muito satisfeita consigo mesma por ter causado tantas exclamações devido à alta quantia... e pelo sorriso satisfeito no rosto de Mark.

Infelizmente, tive de arruinar esse momento emocionante para eles. Afinal de contas, eu também tenho uma loja para administrar.

— Mil dólares — disse eu levantando.

Houve um aumento exponencial no número de exclamações que acompanharam o meu lance em comparação ao de Lauren.

— Desculpe, Stephanie. — Até o Sr. Schneck parecia chocado. — Você disse mil dólares?

— Isso mesmo — respondi com a voz calma. — A Courthouse Square Books fez um lance de mil dólares por Mark Finley.

Agora todos os olhos estavam em mim em vez de em Mark... Inclusive os de Mark. A expressão dele era uma mistura de confusão e felicidade... Felicidade pelo fato de alguém estar pagando tanto pelos seus serviços, creio eu, e confusão por ter sido eu, e não a namorada dele, que o tinha comprado.

— A jovem na primeira fila fez um lance de mil dólares — disse o Sr. Schneck pegando o martelo. — Será que ouço 1.020? Ninguém? Então vamos lá...

Lauren falava no celular tentando desesperadamente convencer o pai. E, como estávamos uma do lado da outra, notei até que ela estava quase chorando.

— Mas, papai — implorou ela. — Será que você não entende que...

— Dou-lhe uma... — disse Sr. Schneck.

— ... é por uma boa causa e eu nunca mais vou...

— Dou-lhe duas... — continuou o leiloeiro.

— ... te pedir nada. Juro. Se você só...

— VENDIDO para Stephanie Landry da Courthouse Square Books — anunciou o Sr. Schneck.

E Lauren jogou o celular com tanta força pelo ginásio que ele quebrou em mil pedacinhos quando atingiu a porta de saída.

Não existe uma coisa chamada popularidade instantânea.

Ninguém se torna popular do dia para a noite. A popularidade é algo que deve ser conquistada aos poucos.

Então, não cometa o erro de achar que você é mais popular do que as outras pessoas que já estão nesse jogo há mais tempo. Elas conquistaram sua popularidade com trabalho duro e comprometimento, e merecem o seu respeito.

Quando você conquistar a sua popularidade, elas vão pagar na mesma moeda.

Vinte e três

QUASE O FIM DO QUARTO DIA DE POPULARIDADE
QUINTA-FEIRA, 31 DE AGOSTO, 23H30

Não entendi por que todo mundo ficou tão zangado.

Comprei Mark Finley — ou melhor, seus serviços como modelo comercial para a loja — de forma justa e isso devia ser o fim de tudo.

Não sei por que Stan do Courthouse Square Diner teve de ligar para minha mãe e contar o que aconteceu. Então, a primeira coisa que aconteceu quando entrei pela porta depois que os Taylor me deixaram em casa foi a minha mãe berrando comigo que eu tinha acabado de virar motivo de riso na cidade.

Em primeiro lugar, sou eu que vou rir por último quando começarmos a contar todos os lucros que a imagem de Mark em todas as propagandas e anúncios vai trazer para a loja.

E, em segundo lugar, Stan não devia enfiar o nariz onde não é chamado.

— Ele disse que você comprou um garoto em um leilão — repetia minha mãe sem parar. — Como pôde comprar um garoto, Stephanie? Como *pôde*?

E esse é o resultado de assistir muito ao seriado *Law & Order*, tomando sorvete. Fala sério, isso entorpece a mente.

Nem Lauren ficou zangada. Depois que ela superou o choque inicial e tudo, ela e Mark vieram juntos me parabenizar.

— A sua imagem realmente vai ajudar a melhorar os negócios — afirmei para Mark, tentando deixar claro que eu não o tinha comprado para MIM, mas sim para a LOJA. — A inauguração do Super Sav-Mart foi muito dura para nós.

— Farei qualquer coisa para ajudar — afirmou Mark, parecendo estar falando sério.

E Lauren começou:

— Oh, Steph, eu não fazia ideia de que a lojinha de seus pais estava passando por tantos problemas. Vou falar para minhas amigas para só comprarem lá.

— Obrigada — agradeci.

E juro que, por um minuto, cheguei a pensar que Lauren Moffat poderia não ser tão ruim assim.

Mas não tive muita chance de processar esse pensamento porque Becca chegou e começou a querer analisar todo o lance de Jason ter comprado ela e se eu achava que ela deveria ligar para ele (porque ele saiu logo depois de o Sr. Schneck ter me declarado vencedora).

Eu disse que ela tinha de ligar para ele, e que nada tinha mudado — ele tinha sido amigo dela antes e continuaria sendo seu amigo.

— Mas ele deve gostar de mim mais do que um amigo para gastar toda aquela grana para não me fazer sentir mal porque só meu pai fez um lance e tudo — afirmou Becca.

— Mark fez um lance também — lembrei eu.

— Só porque você o obrigou — afirmou Becca com ar de quem sabe tudo. — Ninguém obrigou Jason a fazer o que ele fez. Ele deve ter feito isso porque acha que eu sou o amor da vida dele. Vou ligar para ele assim que chegar em casa. Talvez eu até passe na casa dele.

Eu disse que já passava das dez e que os Hollenbach provavelmente não iam gostar nada do fato de ela passar lá para vê-lo tão tarde — tínhamos aula no dia seguinte. Juro que às vezes acho que Becca foi criada por lobos.

De qualquer forma, Mark vai à loja amanhã depois da escola para posar para algumas fotos para publicidade e talvez entregar alguns folhetos na praça ou algo assim.

Será uma oportunidade perfeita para ele me conhecer direito, fora dos limites do colégio.

E longe dos limites da namorada dele.

Porque eu realmente acho que se ele tivesse tempo para me conhecer — mas me conhecer DE VERDADE —, Mark com certeza se daria conta de que eu sou muito melhor que a Lauren... Apesar de minha mãe achar que caras como Mark Finley só estão interessados em uma coisa, e agora que eu o comprei, ele vai achar que eu estou disposta a dar isso para ele.

— Você sabe que é por isso que ele sai com aquela metida da Lauren Moffat — afirmou mamãe. — Só porque ela faz tudo o que ele quer.

Eu quase comecei a chorar. Achei isso fofo. Sério, chegou a me lembrar a pergunta de Kirsten: "Ei, mas não são as pessoas mais legais que são as mais populares?"

Acho que não existem pessoas mais fora da realidade do que Kirsten e a minha mãe.

Porque se eu saísse com Mark Finley, eu também faria tudo por ele. Acho que até o padre Chuck seria capaz de entender *isso*.

Cinderela não esperou pelo seu príncipe.

Um dos maiores erros que as garotas costumam cometer em relação à vida amorosa é ficarem sentadas esperando que o príncipe encantado as encontre, em vez de saírem em busca deles.

Não se esqueça de que a Cinderela foi atrás do príncipe ao se arrumar para ir ao baile.

É verdade que ela teve a ajuda da Fada Madrinha... mas ela conquistou o príncipe encantado sozinha.

Então, não fique sentada esperando que o príncipe a encontre... Saia de casa e mostre para ele as suas qualidades.

Vinte e quatro

SEXTA-FEIRA, 1° DE SETEMBRO, MEIA-NOITE

Eu estava sentada na pia do banheiro, olhando para a janela de Jason pelo binóculo do Bazooka Joe, quando, de repente, vi Becca — BECCA! — entrando no quarto dele.

Aposto que foi o Dr. Hollenbach que a deixou entrar. Ele sempre está com a cabeça nas nuvens, pensando sobre coisas de médico, e nunca ocorreria a ele a ideia de não deixar subir para o quarto do filho uma garota que apareceu às 11h30 da noite.

Sei que Becca não deve ter ligado antes, porque Jason estava deitado na cama sem camisa, escrevendo algo — provavelmente um poema para Kirsten —, quando a porta abriu e a última pessoa que eu esperaria ver no quarto dele entrou. Jason deu um pulo da cama, como se tivesse se dado conta de que a calça dele estava pegando fogo, e vestiu a camisa (droga!).

E Becca começou a falar, enquanto Jason estava parado como se não acreditasse que aquilo estava acontecendo. Depois de um tempo, ele disse algo — não faço a menor ideia do que... Por que não me matriculei na aula de leitura labial em vez de espanhol??? POR QUÊ??? — e Becca sentou na cama dele, parecendo toda deprimida.

E foi quando aconteceu. Jason sentou ao seu lado e colocou o braço sobre os ombros dela...

E ENTÃO ELES SE BEIJARAM!!!

Não sei quem começou. Eu só vi os rostos se aproximando e então...

BAM!!! Os lábios deles estavam colados...

E, como se as coisas não fossem horríveis o suficiente, Pete escolheu esse momento para entrar no banheiro.

— O que você está fazendo aqui sentada no escuro de novo? — perguntou ele.

— Nada! Meu Deus, será que você não sabe bater? — perguntei meio gritando, meio sussurrando.

— Não quando a luz está apagada — respondeu Pete. Então, para meu horror, ele disse: — Espere, já sei o que você está fazendo aqui. Você está espionando o Cara de Urubu.

— Não estou, não! — quase gritei, só que eu tinha de manter a voz baixa para não acordar papai e mamãe. — E não o chame assim.

— Por que não? Você chama ele assim. E é claro que você está espionando ele. Você está segurando um binóculo. E dá para ver o quarto dele daqui... Ei. É BECCA que está na cama dele?

— SAIA JÁ DAQUI!

Eu queria matá-lo.

— Por que Becca está beijando o Cara de Urubu?

— Não está, não. Viu? Já pararam.

Pete e eu observamos enquanto Jason, de costas para a janela — disse alguma coisa para Becca, que pareceu concordar com a cabeça. Era meio difícil imaginar o que poderia estar acontecendo.

Mas eu vi Becca se levantar da cama e ir embora.

— Sabe — disse Pete. — Vou sacaneá-lo muito no casamento por causa disso.

Estiquei o braço e dei um beliscão nele forte o suficiente para ele reclamar.

— Você não vai dizer NADA a ele sobre isso — afirmei. — Porque ele não pode saber que estamos fazendo isso. Quer dizer, espionando pela janela.

— Por que não? — Pete quis saber. — Foi você quem começou.

— Eu não estava espionando ele — insisti. — Eu estava meditando.

— Claro que sim — respondeu Pete, virando-se para a privada. — Como quiser, Lelé.

Ele gritou tão alto quando o belisquei de novo por ter me chamado de Lelé que acordou papai, que gritou do quarto:

— O que está acontecendo aí?

— Nada — respondi com voz suave. — Boa-noite!

Não dá para acreditar. Becca e Jason? Tipo assim, eu sabia que ela tinha uma paixonite por ele e tudo. Mas eu não sabia que ele também se sentia assim por ELA.

Mas acho que eu deveria ter desconfiado quando ele a comprou e tudo.

Ainda assim. *Jason e Becca?*

O mundo estava completamente louco.

Torne-se irresistível para qualquer homem.

Como se faz isso? Muito simples: fazendo o que você mais gosta.

Pode parecer maluquice, mas é a mais pura verdade. Se você fizer o que você ama — seja pintar, dançar, ler ou colecionar selos — você vai ficar feliz, e os homens, assim como o resto da sociedade, não resistem a uma pessoa feliz.

Não se esqueça: os rapazes também podem ser tímidos!

E é bem mais fácil se aproximar de uma garota feliz e sorridente do que de uma que está sempre de cara fechada!

Vinte e cinco

AINDA O QUINTO DIA DE POPULARIDADE
SEXTA-FEIRA, 1° DE SETEMBRO, 9H

Becca não disse uma palavra sobre o que aconteceu no caminho para o colégio. Nem uma palavra sequer.

Não posso acreditar que ela e Jason tenham um segredo sobre o qual nada sei. Aliás, sobre o qual eu não deveria saber.

Isso significa alguma coisa? Tipo assim, ela não me contar nada sobre o beijo? Só o fato de estarmos novamente no Cadillac do pai dela, em vez de na BMW de Jason, devia significar alguma coisa. Se ela e Jason estão juntos, por que ele não se ofereceu para levá-la para o colégio hoje de manhã?

Isso deve significar que aquilo tudo não passou de um beijo de pena. Becca provavelmente confessou os seus sentimentos para Jason e ele deve ter dito que o coração dele pertencia a Kirsten. Ou ter começado a falar sobre o lance da alma gêmea de novo.

Deve ser por isso que ela não disse nada.

A não ser que isso signifique exatamente o CONTRÁRIO. E se o beijo foi algo tão especial e sagrado que Becca queira manter apenas para si? Um segredo tão reconfortante quanto o meu de já ter usado a cueca de Jason com a estampa do Batman?

E se o fato de o pai de Becca estar nos levando para o colégio em vez de Jason significar que eles dois estão esperando o momento certo para me darem a notícia — a verdade sobre o romance deles, quero dizer.

Mas a pergunta mais importante é: "Por que estou tão preocupada com isso?". Eu não gosto de Jason. Não desse jeito. Então, Becca pode ficar com ele. Meu Deus. EU SOU A DONA DE MARK FINLEY POR UM DIA.

Tenho que ficar calma.

É claro que o modo engraçado como Mark me olhou quando eu estava no meu armário essa manhã não ajudou em nada. Ele falou:

— Oi, Steph. Ei, o que aconteceu com o seu cabelo?

E foi quando eu percebi que esqueci de fazer escova hoje de manhã.

Mas fala sério. Há um limite para as situações dramáticas na vida de uma garota. Eu ainda estava assustada com todo o lance de Becca e Jason. Será que é de se admirar que eu tenha esquecido de fazer escova no cabelo e ele estava todo enrolado?

É claro que eu não podia dizer tudo isso para Mark, tipo: "Ah é, o meu cabelo está meio doido hoje de manhã porque ontem à noite, enquanto eu estava espionando o meu vizinho pela janela do banheiro, eu vi os meus dois melhores amigos se beijando."

— Ah, é. Estou tentando um penteado diferente.

— Bem — disse Mark. — É... interessante. Então, tudo bem se eu passar na loja lá pelas seis da tarde? Porque eu tenho treino depois da aula.

— Tudo bem — respondi. — Perfeito. Vejo você lá.

Mark ergueu a sobrancelha.

— No almoço. Vejo você no almoço — corrigiu Mark.

— Certo! Tudo bem. Vejo você no almoço.

— E, olha só... sobre ontem à noite...

Ontem à noite? Como ELE poderia saber sobre ontem à noite? Será que ele também tinha visto Becca e Jason se beijando?

— No leilão — disse Mark, notando o meu olhar confuso.

— Ah, claro — respondi, rindo. — O leilão.

— É. Ouvi dizer que arrecadamos sete mil dólares.

— Na verdade foram 7.923 dólares — corrigi, porque sou assim mesmo.

— Isso — respondeu Mark com seu sorriso de lado. — Foram 7.923 dólares. E eu só queria agradecer. Tipo, essa quantia é maior do que a turma do ano passado conseguiu trabalhando o ano todo e nós só estamos na primeira semana de aula.

Meu Deus! Será que ainda estávamos na primeira semana? Parecia que fazia anos desde que eu tinha entrado pelo corredor com as meias sete oitavos azul-marinho e cumprimentado Mark como se eu fosse alguém de verdade e não a pária da sociedade que costumava ser.

— E devo tudo isso a você — continuou Mark. — Então... Sério, muito obrigado, Stephanie.

E ele se inclinou e me deu um beijo no rosto.

Bem na hora que Alyssa Krueger estava passando para ir ao banheiro retocar o rímel, pois parecia que ela estava chorando... de novo.

É engraçado, mas houve um tempo que só imaginar Mark Finley me beijando — mesmo que fosse no rosto — teria feito o meu coração explodir.

Mas hoje, quando isso aconteceu de verdade, eu fiquei meio... tanto faz.

O que estava acontecendo comigo?

Eu me pergunto se o beijo de Jason e Becca tinha sido de língua.

.

Aviso

Preocupar-se muito em ser popular pode torná-la impopular.

Não se esqueça de que todos querem fazer parte da "turma legal". Mas a verdade é que se você passa todo o seu tempo se preocupando em ser popular, em vez de se divertir com os amigos, então você vai perder toda a alegria. Além disso, ninguém gosta de ficar ao lado de uma pessoa preocupada.

Então não se pressione demais para ser popular. O mais importante é se divertir.

Vinte e seis

AINDA O QUINTO DIA DE POPULARIDADE
SEXTA-FEIRA, 1º DE SETEMBRO, 13H

Bem, aconteceu. Eles me avisaram, mas eu não acreditei neles.
    Eu não podia enfrentar o almoço hoje. Não sei por quê. Eu só sei que não conseguiria. Não era nada contra Darlene. Era mais... sabe, eu estava com medo de que, se eu sentasse lá e Becca não aparecesse, eu saberia que ela estava com Jason e que era verdade. Eles eram um casal agora.
    E, por algum motivo, isso fazia com que eu sentisse vontade de vomitar.
    Então peguei uma barra de cereais e um refrigerante light e fui para a biblioteca, porque o dia estava meio chuvoso para comer do lado de fora. Além disso, eu sabia que ninguém seria tão fracassado a ponto de ir comer na biblioteca, então eu estaria segura.
    Mas eu estava errada.
    Porque sentada bem no lugar onde eu ia me sentar, no corredor das biografias, em que nunca ninguém ia, estava Alyssa Krueger.

Eu ia sair de fininho, mas ela me viu.

E baixou a barra de cereais que estava comendo e disse em um tom nada amistoso:

— Olha só, Steph Landry por aqui.

Ela nem tentou sussurrar nem nada. Nunca ninguém vai à biblioteca do colégio, incluindo os bibliotecários, que sempre ficavam no escritório nos fundos, porque nunca havia ninguém, a não ser que um professor de inglês fizesse a turma ir até lá para aprender o sistema decimal de Dewey ou algo assim.

— Olha só, Alyssa — comecei, tentando me lembrar dos conselhos do Livro sobre como lidar com os inimigos. Empatia. Tudo era uma questão de empatia. — Não faz sentido tentar me culpar sobre o que aconteceu entre você e Lauren. Você não devia ter escrito aquele bilhete para mim.

— Foi Lauren quem escreveu — respondeu Alyssa, amargurada.

— Eu sei que foi ela — respondi. — Você não deveria ter levado a culpa por isso. Você poderia ter contado a verdade para Mark.

— Ah, até parece — disse Alyssa, parecendo não acreditar no que ouvia. — E então eu e Lauren estaríamos comendo aqui, em vez de na lanchonete.

Puxei uma cadeira e sentei.

— Se ela fosse sua amiga de verdade, estaria aqui com você agora.

Os olhos de Alyssa encheram-se de lágrimas.

— Eu sei — soluçou ela. — Você acha que eu não sei disso? Ela é tão metida! — Alyssa parou de comer sua barra de cereais. — Mas por que estou dizendo isso para *você*? Você já sabe disso, afinal você foi o alvo diário de toda a maldade dela há quanto tempo? Desde que você derrubou o refrigerante nela?

— Já são quase cinco anos.

— Isso. E agora, olhe para você.

Olhei para mim. Eu estava com uma calça de veludo justa e um conjunto de blusa e casaquinho, porque esperávamos chuva para o dia todo, o que faria com que o tempo esfriasse um pouco... Bem a tempo para o casamento de vovô e Kitty amanhã. Assisti ao canal do tempo hoje de manhã e fiquei aliviada de saber que a previsão para amanhã é de um dia claro e sem nuvens.

— Não o que você está vestindo — debochou Alyssa. — O seu status social. Tipo, eu vi Mark Finley *beijando* você hoje de manhã.

Dei uma mordida na minha barra de cereais.

— Não foi nada demais — respondi. — Foi um beijo no rosto.

— Mas ele gosta de você — afirmou Alyssa. — É sério. Ele disse para Lauren que te acha *legal*.

Ela disse a última palavra como se fosse um palavrão.

— Eu *sou* legal — respondi.

E então eu me lembrei de todas as noites que passei olhando Jason trocar de roupa com o binóculo do Bazooka Joe. E do açúcar que joguei no cabelo de Lauren.

— Bem, pelo menos na maior parte do tempo.

— Eu sei — disse Alyssa. — E é por isso que Lauren está tão irritada. Porque você está fazendo com que ela pareça má. E na frente de Mark.

— Mas Lauren é que é responsável por isso — corrigi eu.

— E depois você fez aquele negócio no leilão, fazendo um lance maior do que o dela por ele, quer dizer, pelo trabalho dele de propaganda para a loja. Eu a ouvi no banheiro das meninas, depois. Ela estava quase espumando de tanta raiva, e eu a ouvi dizer que vai acabar com você.

Dei outra mordida na minha barra de cereais.

— Tudo bem — respondi de boca cheia, mesmo que O Livro diga que o fato de não ter boas maneiras à mesa pode evitar que você se torne popular. — O que ela pode fazer contra mim que já não tenha feito antes?

— Eu não sei — disse Alyssa com os olhos ainda vermelhos e úmidos. — Mas preste atenção. Porque eu era a melhor amiga dela, e olha só o que ela fez comigo.

— Alyssa, você só está nessa posição porque PERMITE que ela faça isso com você. Se você apenas lutasse contra isso... Se as pessoas do colégio lutassem contra ela...

— Você é louca — afirmou Alyssa, juntando os restos do almoço e levantando. — Sabia que você é louca, Steph? Ninguém luta contra Lauren Moffat. Nem mesmo você.

— Dá licença — disse eu, depois de engolir. — Mas o que você acha que fiz durante a semana passada?

— Isso não é lutar contra ela — analisou Alyssa. — Isso é jogar o jogo de acordo com as regras dela. E quer saber? Você vai perder. Porque ela vai encontrar uma maneira, algum ponto vulnerável que nem você sabe que tem, e vai fazer com que você fique mal na frente de todos esses seus novos amigos. E então você vai ter de voltar para o lugar de onde veio. Pode escrever o que estou dizendo.

E, com isso, Alyssa partiu.

Pensei em tudo o que ela disse enquanto comia a minha barra de cereais. Mas a verdade é que eu não conseguia ver isso acontecendo. Lauren não iria descobrir um jeito de puxar o tapete da popularidade debaixo dos meus pés. Porque não existiam mais armas que ela pudesse usar contra mim. Acho que a vantagem era minha. Porque agora eu sabia que Mark gostava de mim.

E que isso aborrecia Lauren.

Eu estava me sentindo muito bem quando terminei o almoço, até que levantei para sair...

E notei quem estava sentado na terceira seção da biblioteca, a menos de três metros de onde eu estava.

— O que *você* está fazendo aqui? — perguntei.

— Tentando encontrar um pouco de paz e tranquilidade — respondeu Jason. — Mas acho que vim ao lugar errado.

— Por que não foi para o seu carro?

— Porque todo mundo sabe que pode me encontrar lá — debochou Jason.

Eu tentei não pensar que "todo mundo" significava "Becca" e que ele estava tentando evitá-la. Porque eu não dava a mínima. E porque não fazia o menor sentido eu ficar feliz com o fato de que Jason estava evitando Becca.

— Ela está certa, sabia? — disse Jason, indicando a porta por onde Alyssa tinha saído. — Sobre Lauren. Ela vai conseguir encontrar um jeito de se vingar de você por ter comprado o namorado dela.

— Ah, fala sério! Como se eu tivesse medo dela.

— Você deveria ter — afirmou Jason. — Ela pode tornar a sua vida um inferno.

Eu só fiquei olhando para ele.

— Jason, onde você esteve nesses últimos cinco anos? O que ela pode fazer que ainda não tenha feito?

— É por isso que não consigo entender — reclamou Jason, me oferecendo um biscoito (que eu não aceitei). — Por que você quer ser amiga dela, afinal?

— Eu não quero.

Jason fechou ainda mais a cara.

— Então pra que isso tudo? Tudo *isso* que você tem feito essa semana?

— Eu só quero ser popular — respondi.

— *Por quê?*

O mais engraçado é que ele estava perguntando como se realmente não entendesse.

— Porque — respondi, sem acreditar que tinha de explicar isso para ele. — Porque durante toda a minha vida, pelo menos desde a sexta série, eu estive por baixo. E agora é a minha vez de ficar por cima.

— Tá, mas... — Jason parou para mastigar um biscoito. — O que há de tão legal em ficar por cima, se você nem pode ser você mesma?

— Posso, sim.

— Ah, tá, porque é assim que o seu cabelo fica todos os dias.

Levantei uma sobrancelha para ele.

— Ah, tudo bem. Hoje você está toda Lelé. Mas tipo assim, no resto da semana, você deve ter passado meia hora de cada manhã só para alisá-lo. Por que você quer ser amiga de um bando de pessoas que só te darão atenção se o seu cabelo for liso? O que há de tão errado com os seus amigos antigos, que te amam do jeito que você é?

— Nada — respondi, sem acreditar que estávamos conversando sobre isso. — Mas o que há de errado em querer ter outros amigos além de você e de Becca?

— Nada — admitiu ele de mau humor. — Mas *Lauren Moffat?* Ou será que você só está tentando roubar o namorado dela?

— Não estou tentando roubar ninguém de ninguém — respondi, sentindo o rosto corar.

— Não está? Você acabou de gastar mil dólares que você ralou pra caramba para ganhar só para comprá-lo, sem nenhum outro motivo?

— Não — respondi, esquecendo momentaneamente sobre o meu controle de consumo de gordura saturada e pegando um biscoito no pacote que estava sobre a mesa. — Você sabe por que eu fiz isso. Para fazer com que a loja venda mais.

— Ah, claro. E você nem está apaixonada por ele, nem nada.

— Isso. Assim como você não está apaixonado por Becca.

Mesmo enquanto as palavras saíam da minha boca, eu queria engoli-las de volta. Mas era tarde demais. Eu já tinha dito.

— Becca?

Jason fez uma cara engraçada quando disse o nome dela, para alguém que doze horas atrás a estava beijando.

— Desde quando eu sou apaixonado por Becca?

— Bem, você a comprou — respondi, como não podia mencionar o beijo.

— É claro que eu a comprei — concordou Jason. — O que mais eu poderia fazer? Deixá-la ficar ali, em pé, sendo humilhada porque apenas o pai dela fez um lance para comprá-la? Além disso, eu não poderia deixar que *Mark Finley* a comprasse.

— O que há de errado com Mark Finley? — perguntei. — Ele é um cara muito legal.

— Claro — desprezou Jason. — Se você gosta de caras sem cérebro que só fazem o que a namorada — ou você — manda.

— Mark não é assim. Ele...

— Que se dane, Steph — disse Jason se levantando. — Sabe, Alyssa é do mal e tudo, mas ela está certa: a única coisa que você vai conseguir andando com pessoas como Lauren Moffat e o seu queridinho é se magoar. E eu só espero que, quando isso acontecer, eu esteja lá para ver.

E o pior de tudo é que quando aconteceu, ele *estava* lá.

As pessoas podem contar com você?

As pessoas gostam das pessoas com quem podem contar.

Você está disponível para seus amigos quando eles precisam de ajuda ou de um ombro amigo para chorar?

Você paga os empréstimos no tempo adequado (de preferência no dia seguinte)?

Você chega às festas e aos eventos sociais na hora?

Você cumpre suas promessas e obrigações?

Essas são as qualidades de uma pessoa popular.

Vinte e sete

**AINDA O QUINTO DIA DE POPULARIDADE
SEXTA-FEIRA, 1º DE SETEMBRO, 14H**

Aconteceu logo depois que saímos da biblioteca. Bem, não exatamente "nós", porque Jason e eu não deixamos a biblioteca juntos. Ele estava na minha frente, caminhando sem dificuldades com suas pernas longas.

Mas ele viu quem estava me esperando do lado de fora da biblioteca, e diminuiu o passo para assistir ao show.

Muito legal da parte dele, né?

Porque toda a turma estava lá. Lauren, Mark, Todd, Darlene, os fãs de Darlene, Bebe e todo o resto do pessoal, menos Alyssa Krueger.

Mas tudo bem, pois a vi no bebedouro fingindo encher a garrafinha de água, mas na verdade assistindo ao que iria acontecer.

— Ah, aqui está ela — anunciou Lauren, assim que eu passei pela porta da biblioteca, me perguntando o que poderia estar acontecendo. — Nossa, Steph, estávamos todos procurando por você.

— É, por que não veio almoçar conosco? — perguntou Darlene, que pelo menos parecia ter realmente sentido a minha falta.

— Ah, eu tinha de pesquisar umas coisas — menti. — Tenho um teste de química mais tarde.

— Que droga! — exclamou Darlene, compreensiva.

Foi Lauren quem começou a falar.

— Este cara aqui... — disse Lauren mostrando a primeira página da *Gazeta de Bloomville* de quarta-feira. — É seu avô, não é?

Olhei para a foto de vovô com os braços abertos para a rotunda do observatório. Eu não podia imaginar aonde Lauren queria chegar.

— Hã, é sim — respondi.

— Então ele é o dono desse lugar — concluiu Lauren batendo na fotografia que acompanhava o artigo, mostrando o exterior do observatório. — Não é?

— Bem, é sim — comecei. — Ele mandou construir e tudo. Mas ele vai doar para a cidade e...

— Mas ele ainda não doou — afirmou Lauren. — O observatório ainda não está aberto para o público, né?

— É. Só vai ser aberto na semana que vem.

— Então, ele está vazio? — perguntou Lauren.

Juro que eu não estava entendendo aonde ela queria chegar. Talvez eu seja uma idiota. Mas não estava entendendo mesmo.

— É — respondi. — Tem trabalhadores e tudo, mas...

— Durante o dia.

— É...

— Mas fica vazio à noite.

— É. Mas por que você quer saber?

— Viu? — perguntou Lauren, lançando um olhar triunfante para Mark. — Eu disse. É perfeito.

— Perfeito para quê? — perguntei bem na hora que o sinal tocou indicando o final do horário de almoço.

— Para a festa de Todd de hoje à noite — respondeu Lauren. — Ele costuma fazer na pedreira, mas hoje vai chover o dia inteiro e a noite também. Ele ia cancelar, mas então eu lembrei que o seu avô é o cara que está construindo o observatório, e que ele ainda não tinha sido aberto ao público, e que você provavelmente conseguiria nos colocar lá dentro.

— Você consegue, não consegue? — perguntou Todd, ansioso. — Sei que deve estar trancado, mas você deve ter a chave ou o código de segurança, não é?

— Bem... — respondi. — É, tenho, sim. Mas...

— Viu? — disse Lauren, sorrindo para Mark. — Eu disse. Steph, você é demais.

— Mas — interrompi. Cara, isso não estava acontecendo. — Sobre quantas pessoas estamos falando?

— Só umas cem — respondeu Todd. — No máximo. Bem talvez mais algumas dezenas. Mas fala sério, Steph, as minhas festas são exclusivas. Só entra quem tem convite. Vamos colocar alguém na porta, para vigiar se há policiais e tudo. Acho que vai chover a noite toda, então acho que não vai ter muita gente na Rua Principal nem nada. Juro que ninguém nunca vai saber que estivemos lá. Tudo que precisamos que você faça é abrir a porta pra gente por volta das 10h da noite. Só isso.

Pensei nas paredes brancas do Observatório e no chão imaculadamente limpo. Pensei no píer central com o telescópio gigante e nos corredores que o cercavam, além do amplo deque.

Depois pensei nas festas de adolescente que eu já tinha visto na TV e nos filmes (porque eu nunca fui a nenhuma).

E respondi:

— Não acho que isso seja uma boa...

— Ah, vamos lá, Steph — insistiu Mark com os olhos castanho-claros fixos em mim. — Vamos ter cuidado. Você não vai ser descoberta. E, se você for, eu assumo a culpa no seu lugar. Juro.

Olhei para ele, hipnotizada como sempre, por aqueles olhos castanhos esverdeados.

— Tudo bem — ouvi-me murmurar.

— Ótimo! — exclamou Todd e ele e Mark comemoraram com uma batida de mão.

Lauren parecia satisfeita e Darlene perguntou:

— Então quer dizer que a festa está de pé, afinal?

— A festa está de pé, gata — afirmou Todd, tentando abraçar Darlene pela cintura, mas ela se afastou rapidamente.

— Ah, que bom. Vou poder usar minha calça nova de camurça.

— Você é demais — afirmou Lauren para mim. — Sabia que poderíamos contar com você, Steph.

Então, o segundo sinal tocou e todo mundo foi embora. Todos, exceto Jason.

Ele olhou para mim e disse:

— *Eu sabia que podíamos contar com você, Steph.*

Mas em um tom completamente diferente do usado por Lauren.

E se afastou.

As pessoas populares sabem como vencer.

O modo mais rápido de vencer uma discussão é evitar uma, para início de conversa. Você pode fazer isso ao respeitar a opinião dos outros, mesmo que as considere erradas. Nunca diga "Você está errado". (Mas, se você estiver errada, admita isso bem rápido.)

É melhor deixar que os outros conversem. Permita que achem que você pensa como eles. Deixe que pensem que a sua ideia foi ideia deles.

Os melhores negociadores tentam verdadeiramente ver o ponto de vista das outras pessoas e expressam simpatia pelas ideias, opiniões e desejos dos outros.

Vinte e oito

**AINDA O QUINTO DIA DE POPULARIDADE
SEXTA-FEIRA, 1º DE SETEMBRO, 16H**

Não acredito que isso está acontecendo.

Sério. O que vou fazer?

Não posso deixar ISSO acontecer. Tipo deixá-los entrar no observatório do vovô. Mas, se eu não deixar, todos vão me odiar e tudo pelo que trabalhei, tudo que planejei, a minha popularidade recém-conquistada, tudo irá por água abaixo. Tudo vai desaparecer em um piscar de olhos. Eu terei dado uma de Steph Landry da pior maneira possível em Greene County.

Mas também não posso permitir que destruam todo o trabalho de vovô.

Porque eles VÃO destruir tudo. Não importa o que Todd disse. Aquele observatório está repleto de equipamentos muito sensíveis. Não dá para imaginar mais de cem adolescentes em uma pista de dança — sem mencionar o DJ — no deque de observação e os equipamentos ficarem inteiros.

Não posso permitir isso. Não posso deixar que estraguem o presente de casamento de vovô para Kitty.

Mas também não posso dar uma de Steph.

O QUE VOU FAZER?

Mamãe acabou de perguntar:

— Qual é o problema, filha? Você está toda nervosa desde que chegou aqui.

Estávamos na loja, pois eu tinha marcado com Mark a sessão de fotos para a propaganda da loja.

— Nada — menti. — Está tudo bem.

E se Jason me dedurar?

Perguntei a ele se ele faria isso. Esperei por ele no estacionamento depois da aula. Ele veio correndo tão rápido que parecia um borrão. Não sei de quem ele estava se escondendo, mas acho que não era de mim, porque quando chamei o nome dele ele virou, viu que era eu e pareceu aliviado.

Mas durante todo o tempo em que conversamos, ele tinha ficado olhando em volta.

— O quê? — perguntou ele de modo não muito amigável.

— Eu só preciso saber se você vai contar.

— Contar o quê para quem?

— Você sabe o quê. Sobre a festa de hoje à noite. Você vai contar para os seus pais? Ou para Kitty?

— Isso não é da minha conta — afirmou Jason. — Eu não fui convidado, lembra?

— Eu sei — respondi sem me preocupar em dizer que ele havia sido convidado, pois tinha certeza de que ele não viria mesmo. — Mas você vai tentar impedir?

— Você quer realmente, Steph? — perguntou Jason. — Você deixou bem claro no decorrer dessa semana que você toma as suas próprias decisões e não precisa da ajuda nem da opinião de ninguém. Você está muito bem sem mim. Então por que eu deveria interferir agora?

Senti meu ombro um pouco mais leve de alívio.

— Então, você não vai contar?

— Não vou contar — respondeu Jason. — Vou confiar em você, pois acho que é capaz de tomar a decisão correta. Já que você está sempre tão certa disso.

Olhei para ele.

— Se eu não permitir que eles entrem — expliquei eu. — Eles vão me odiar.

— Isso é verdade — concordou Jason. — Vão mesmo.

— Mas se eu permitir que eles entrem para a festa — continuei. — Você vai me odiar. Supondo que você já não me odeie.

— É, supondo isso — respondeu Jason. — E supondo que você liga para o que sinto por você.

— Eu me importo — respondi, surpresa com a implicação de que eu não me importava.

Mas não sei se Jason ouviu, porque algo que viu por cima da minha cabeça o fez empalidecer.

— Tchau.

Depois correu até a B.

Mas quando me virei, só vi Becca e o amigo de Jason, Stuckey, saindo do colégio.

— Você não estava conversando com Jason agorinha mesmo? — quis saber Becca assim que chegou.

— É — respondi.

Estava claro que, o que quer que tenha acontecido entre Jason e Becca ontem à noite, não significava que as coisas estavam um mar de rosas. Era óbvio que Jason estava fazendo o possível para evitar Becca.

Mas por quê então? Por que ele a tinha comprado *e* a beijado?

Mas eu não queria magoá-la. Então disse:

— Ele tinha umas coisas para fazer. Para o casamento.

— Ah — respondeu Becca. — Stuckey vai me dar uma carona para casa. Você quer vir com a gente?

Respondi que com certeza. Eu não estava muito entusiasmada em ouvir as derrotas e vitórias do Indiana Hoosiers, mas isso era bem melhor do que ter de ir de ônibus.

E, para minha surpresa, Stuckey era capaz de conversar sobre alguns outros assuntos sem ser basquete, incluindo álbuns de recortes (acho que ele estava passando tempo demais com Becca) e sobre a festa de hoje à noite no observatório do vovô.

— Você sabia que eles estavam planejando fazer a festa lá, Steph? — perguntou Stuckey. — Porque eu não consigo imaginar você saber de uma coisa dessas e não tentar impedir. Eu já ouvi falar sobre as festas de Todd Rubin. Ele fez uma festa na casa de um garoto porque os pais dele estavam em Aruba e o pessoal causou mais de 10 mil dólares de prejuízo. Alguém colocou fogo no tapete da sala. Com fluido de isqueiro. Eles escreviam os seus nomes nas chamas.

— Oh, Steph jamais permitiria que fizessem uma coisa dessas no observatório do avô — respondeu Becca sabiamente. — Você deve ter entendido errado, John.

Engraçado, mas eu nunca soube que Stuckey TINHA um primeiro nome, ainda mais que esse nome fosse John.

Que seja.

De qualquer modo, só há uma coisa que posso fazer. Demorei um pouco para descobrir. Mas EXISTE um modo de eu evitar que a festa aconteça e, ao mesmo tempo, manter a minha popularidade.

Infelizmente, isso não seria nada fácil.

Mas acho que aprendi bastante no Livro para desistir agora.

É claro que muito do plano ia depender de Mark...

Mas tudo bem. Porque Jason está totalmente errado em relação a ele.

E Mark vai fazer com que tudo fique bem. Eu sei que vai.

Uma pessoa popular pode fazer com que qualquer pessoa mude de ideia.

Eis como:
- * Comece elogiando a pessoa. Todo mundo gosta de ouvir coisas positivas sobre si mesmo.
- * Fale sobre seus erros. Mencione que ninguém é perfeito, e você menos ainda.
- * De forma sutil, chame a atenção da pessoa para o erro que está cometendo.
- * Dê uma chance para a pessoa se explicar.
- * Elogie-a por admitir o erro. Depois sugira que ela pense melhor da próxima vez, assegurando-se de que a pessoa ache que ela mesma encontrou a solução.
- * Encoraje a pessoa. Faça com que o seu erro pareça fácil de corrigir.
- * Faça com que a outra pessoa se sinta feliz por fazer as coisas que você sugeriu.

Problema resolvido!

Vinte e nove

AINDA O QUINTO DIA DE POPULARIDADE
SEXTA-FEIRA, 1º DE SETEMBRO, 20H

Mark apareceu às 18h em ponto, exatamente como o combinado. O cabelo ainda estava molhado do banho depois do treino e talvez por causa da chuva que caía do lado de fora.

Mas não tinha problema. Ele estava lindo, como sempre.

— Ei — cumprimentou ele, quando eu saí de trás da caixa registradora. Ele estava pingando sobre o tapete com ABC. Mas era difícil me importar com isso quando olhava para aqueles olhos castanhos esverdeados. — Como está tudo?

— Tudo bem — respondi. — Mark, esta é a minha mãe.

Mamãe, que esperou para conhecer Mark, apesar das pernas inchadas e de papai estar fazendo o mundialmente famoso (pelo menos em Greene County) *chili* para o jantar, deu um passo para a frente e apertou a mão dele.

— Olá, Mark. Prazer em conhecê-lo — cumprimentou mamãe. — Muito obrigada por concordar em fazer isso. Você não sabe o quanto isso significa para Steph. Quer dizer, para mim. Quer dizer, para a loja!

Mark riu com a minha mãe. E era meio gratificante o fato de ele ser capaz de deixar uma mulher com quase 40 anos e grávida do sexto filho desconcertada do mesmo jeito que fazia com a filha de 16 anos.

— O prazer é meu — disse Mark. — É bom conhecer você.

Deixando-me sozinha para resolver o meu lance — pelo menos dessa vez —, mamãe pegou o guarda-chuva e se despediu.

— Com o tempo assim — disse ela, indicando a chuva pela vitrine —, vocês não vão ser incomodados por muitos clientes. Além disso, Darren está nos fundos lanchando. Se precisar de alguma coisa é só gritar.

— Pode deixar — assegurei a ela.

E não deixei de notar o olhar dela *"você está certa, ele é lindo!"* quando estava saindo.

Graças a Deus Mark estava olhando um exemplar de *Sports Illustrated* e não notou.

Eu já estava com a câmera digital da família pronta para começar, para que não perdêssemos tempo.

— Eu ia pedir para você posar do lado de fora, mas com toda essa chuva, acho que vamos ter de fazer todas as fotos aqui mesmo. Você se importa de sentar nessas cadeiras na seção de ficção? — perguntei.

— Tudo bem — foi a resposta dele, que me acompanhou.

Pedi a ele que se sentasse em uma poltrona de couro e coloquei um exemplar do romance mais recente de John Grisham na mão dele.

— Vai ficar ótimo — afirmei. — Vai ser algo do tipo "quando não está liderando o time nas finais do campeonato, você pode encontrar Mark Finley relaxando na Courthouse Square Books".

Mark riu com modéstia.

— Bem, só se eu conseguir levar o time até a final.

— Ah, mas você vai — afirmei, enquanto dava uns passos para trás. — Levante um pouco o queixo. Ótimo. Você consegue fazer qualquer coisa que queira. Você é esse tipo de pessoa, sabe?

— Bem — respondeu Mark, com um sorriso mais amplo. — Não sei de nada disso.

— Verdade — respondi. — Você é maravilhoso. Não apenas no campo, mas fora dele também.

— Fala sério — disse Mark, revirando os olhos.

Mas ele estava sorrindo.

— Fala sério você! Você sabe que é verdade. Eu queria ser mais como você.

— Para com isso — pediu Mark. — Você também é ótima. Afinal, ninguém mais na história de todo o colégio descobriu uma outra maneira de arrecadar tanto dinheiro como você em apenas uma noite.

— Oh, eu sou muito boa para lidar com dinheiro — respondi, sem parar de tirar fotos. — Mas eu não sou tão legal quanto vocês. Por exemplo, a sua namorada. Ei, será que você pode colocar a perna por cima do braço da poltrona? Assim mesmo. Parecendo bem descontraído.

— Lauren? — perguntou Mark, parando de sorrir.

— É, Lauren. Você não deve saber disso, mas ela me odiou durante anos.

— Corta essa — respondeu Mark, voltando a sorrir. — Lauren te acha o máximo! Ela até me contou que vocês costumavam brincar de Barbie juntas quando eram pequenas.

— Ela te contou isso? — Esqueci de tirar fotos por um segundo. — Ela não te contou sobre o lance da Fanta Uva?

— Acho que ouvi algo a respeito — respondeu Mark parecendo um pouco desconfortável. — Mas isso foi há muito tempo, certo? Sei que Lauren (todo mundo) está superfeliz por você ter aceitado fazer a festa no prédio de seu avô.

— É — concordei. — Por que você não vai até o balcão para tirarmos algumas fotos como se você estivesse comprando alguma coisa?

— Legal — disse Mark, levantando e me proporcionando uma visão perfeita do seu traseiro na calça jeans.

— É só que — comecei, engolido em seco. — Sobre isso... a festa.

— Foi ótimo você ter concordado em deixar que fizéssemos a festa no observatório — repetiu Mark, fazendo uma pose no balcão com uma mão no queixo.

Parecia bastante óbvio que ele já tinha feito esse tipo de coisa antes. Ele estava à vontade na frente da câmera e a mão embaixo do queixo parecia uma pose para um catálogo da Sears. Mas eu não queria dizer nada.

— Você realmente nos salvou. De novo.

— Tá — disse eu. — Eu sei. Mas esse lance com Lauren...

— Que lance com Lauren?

— Esse lance entre Lauren e eu...

— É isso que estou tentando dizer — riu Mark. — Não tem lance *nenhum* entre você e Lauren. Tipo assim, não por Lauren. Ela com certeza gosta de você. Você mesma viu como ela cortou relações com Alyssa Krueger por ter enviado aquele bilhete horrível. Se ela não gostasse de você, por que ia parar de falar com a melhor amiga?

Para enganar você, era o que eu queria dizer. Mas em vez disso, respondi:

— É um pouco mais complicado que isso. E estou preocupada que...

— Espere um minuto — Mark congelou com um cotovelo sobre o balcão e uma das mãos no quadril. — Já sei aonde você quer chegar.

Olhei para ele, surpresa.

— Sabe?

— Sei.

E foi quando ele fez. Ele esticou o braço e pegou a minha mão — não a que estava segurando a câmera —, e me puxou para ele.

Eu não estava entendendo muito bem o que estava acontecendo até que eu estava a dois centímetros de distância dele e ele colocou o dedo sob o meu queixo e me fez levantar a cabeça, de modo que eu o olhasse diretamente nos olhos.

— Você está preocupada — disse Mark com aquele sorriso de lado que fazia meu coração quase parar de bater. — Você acha que o pessoal vai destruir as coisas de seu avô hoje à noite.

— Bem — respondi. Graças a Deus ele descobriu isso. Sem eu ter de dizer a ele. — É, isso mesmo. E eu estava pensando que talvez você pudesse conversar com Lauren e com o pessoal e ajudá-los a compreender que eu não posso...

— Meu Deus. Você é tão legal.

— Ai — gemi. Se ao menos ele soubesse a verdade. — Não sou não. Então você acha que talvez você possa...

Mas antes que eu pudesse dizer mais uma palavra, Mark se inclinou e colocou a boca sobre a minha.

Isso mesmo. Mark Finley estava me beijando. Mas dessa vez foi na boca.

Não sei se eu retribuí o beijo ou não. Eu estava tão surpresa e não sabia bem o que fazer. Não é como se eu tivesse muita experiência com beijos, porque nunca beijei ou fui beijada antes. Acho que eu só fiquei ali parada, deixando que ele me beijasse e ouvindo o barulho da chuva e do trânsito do lado de fora e sentindo o gosto dos lábios dele (protetor labial) e o calor do corpo dele.

Mark Finley está me beijando. Era só o que eu conseguia pensar. *Mark Finley está me beijando.*

Sei que quando você é beijada deve sentir fogos de artifício explodindo dentro da sua cabeça. Espera-se que você ouça anjos e pássaros cantando, como nos desenhos animados quando alguém leva uma panelada na cabeça.

Então eu mantive os olhos fechados e senti os fogos de artifício e ouvi os anjos cantando.

Mark Finley está me beijando. MARK FINLEY ESTÁ ME BEIJANDO.

E então eu vi. E ouvi.

Finalmente, Mark ergueu a cabeça. Olhando para mim com os olhos meio ocultos pelos cílios espessos.

— Nossa, você é tão bonita. Alguém já disse o quanto você é bonita? — perguntou ele, com a voz profunda.

Neguei com a cabeça. Acho que não conseguiria falar nada, mesmo que tentasse. Eu não parava de pensar: *Mark Finley me beijou. Mark Finley me acha bonita.*

MARK FINLEY ME ACHA BONITA.

— Achei que não — respondeu ele, acariciando gentilmente os meus lábios com os dedos. — Sinto muito. — Mas eu sabia que ele estava dizendo isso em relação ao beijo. — Você é tão bonita que eu não pude resistir. Me perdoa?

237

Perdoá-lo? Por me beijar? Tive de me segurar para não cair de joelhos e agradecer a ele. *Mark Finley me beijou. MARK FINLEY ME BEIJOU.*

— Eu não vou permitir que nada aconteça com o observatório do seu avô, Steph — prometeu ele com a voz grave e olhando-me nos olhos. — Não se preocupe.

Concordei com a cabeça. É claro que eu não ia me preocupar. Porque ele é... Mark Finley. MARK FINLEY. E ele me beijou. E ele acha que sou legal. E bonita.

— Você já tem fotos suficientes por hoje? — perguntou ele de forma suave, ainda segurando o meu rosto.

— Tenho — respondi.

Eu não conseguia acreditar que os meus lábios fossem capazes de formar palavras quando ainda estavam formigando por causa do beijo.

— Será que posso ir agora? Tenho de pegar o barril para a festa de hoje à noite.

— Pode — ouvi-me responder de novo.

Eu não conseguia entender o que havia de errado comigo. Parecia que eu estava fora do meu corpo, observando uma garota chamada Steph totalmente apaixonada por um cara chamado Mark. E esse Mark a beijara.

— Legal — disse Mark.

E então ele me beijou de novo, dessa vez bem de leve na testa.

— Vejo você às dez — despediu-se ele.

E foi embora.

A alma da festa é você!

Dar uma festa não é algo difícil. Eis algumas dicas para todos se divertirem... Até a anfitriã!

Se um dos convidados aparecer com convidados dele ou dela — que você não convidou — dê as boas-vindas graciosamente. Você conhece o ditado: quanto mais gente melhor.

Não se preocupe se a casa estiver suja ou não for grande o suficiente para todos. Os convidados estão ali para festejar e não para conhecer a sua casa!

A música pode animar qualquer ocasião. Certifique-se de ter as músicas mais populares prontas para tocar.

E divirta-se — nada acaba com uma festa mais depressa do que uma anfitriã estressada!

Trinta

AINDA O QUINTO DIA DE POPULARIDADE
SEXTA-FEIRA, 1º DE SETEMBRO, 22H

Darren saiu dos fundos da loja quando Mark já estava indo embora. Ele foi até a caixa registradora e começou:

— Quem era AQUELE?

— Aquele — respondi, enquanto observava Mark se dirigir ao seu 4x4 parado no estacionamento da loja. — Aquele era Mark Finley.

— O Mark Finley? — perguntou Darren, assoviando. — E será que meus olhos estão me enganando, mas ele não estava BEIJANDO você?

— É, tava sim.

— Parabéns, namoradinha — disse ele. — Viu? Você não acreditou em mim quando eu disse que você conseguiria um namorado para levá-la ao baile.

E com isso eu fui trazida de volta à realidade.

— Não. Ele já tem namorada.

Darren ficou chocado.

— Bem, isso não é certo. O que ele está pensando?

Os passarinhos que estiveram rondando a minha cabeça ficaram quietos e a sensação de formigamento passou.

Isso mesmo. Mark Finley tinha uma namorada. O que ele ESTAVA pensando?

Ele disse que eu era bonita e que não conseguiu resistir.

Mas... Ele nunca pareceu ter problemas em resistir aos meus encantos antes.

Será que eu realmente tinha de acreditar que ele não conseguiu resistir ao meu charme e — qual foi a outra coisa que ele disse — ah, e "ser legal"?

Embora eu ache que, depois de Lauren, "ser legal" deveria ser uma grande mudança.

Mas eu não conseguia imaginar Lauren agindo de forma cruel perto de Mark. Eu *sabia* que ela não faria isso.

Ela colocava a culpa de sua crueldade em outras pessoas, como Alyssa Krueger.

Que estava certa. Lauren *descobrira* um modo de se vingar.

Era por causa de Lauren que eu estava aqui sentada, ouvindo a chuva bater sobre a rotunda do observatório escuro e vazio, enquanto aguardava o pessoal chegar.

Para destruir tudo. Tudo pelo que meu avô trabalhou tão duro no ano que passara.

Porque a promessa de Mark não valia nada. Era isso que ia acontecer. Agora que o formigamento causado pelo beijo de Mark tinha passado — e eu tinha voltado à realidade —, eu sabia disso. Eles iam acabar com tudo. Iam destruir tudo.

Mas eu também tinha de pensar em tudo pelo que *eu* trabalhei. E *eu*? Poxa, eu finalmente consegui fazer com que as pessoas parassem de falar de mim de um modo cruel — "Não dê uma de Steph Landry!" — e começassem a falar de mim de um modo gentil... Consegui até mesmo que Mark Finley me beijasse. E agora eu ia acabar com tudo só porque sou uma pessoa sensível — uma esquisita — que não consegue suportar a ideia de um bando de vândalos festejarem de um modo que, de acordo com os livros e filmes, é bastante comum na adolescência.

Será que eu era tão *legal* assim?

Não era, não. Eu sabia que não era. Tipo assim, eu deixei latas de refrigerante vazias rolarem pelo piso do auditório. Joguei açúcar no cabelo de Lauren Moffat. E espio pela janela do banheiro enquanto o meu futuro primo emprestado está trocando de roupa. Eu não era legal. *Não* era mesmo.

Então por que eu não podia fazer isso?

Eu *tinha* de fazer. Quando eles batessem naquela porta eu a abriria. Eu *tinha* de abrir. Eu não ia decepcioná-los. Não ia deixar que as coisas voltassem a ser como antes. Eu não ia dar uma de Steph Landry de novo.

O vovô entenderia. Eu já tinha bastante dinheiro guardado, então eu poderia pagar pelos prejuízos. Desde que não fosse mais do que uns poucos milhares de dólares, já que estou meio sem dinheiro por ter comprado Mark para a loja.

Mas e Kitty? Ela ficaria magoada.

Ainda assim. Aposto que ela deve ter feito coisas assim quando tinha a minha idade. Vovô nunca fez — ele estava ocupado demais trabalhando em um zilhão de empregos para ajudar a sustentar a família de imigrantes.

Kitty, porém, entenderia. Afinal, ela tinha lido O Livro. Ela SABIA. SABIA como era difícil.

Por outro lado, Jason...

Ai, por que eu tenho de pensar nele? Eu não ia pensar nele. Não ia *mesmo*.

Eu sabia que poderíamos contar com você, Steph.

Foi o que Lauren disse.

E foi o que Jason também disse. Só que ele tinha dito de um modo completamente diferente.

Bem, mas por que eu me importava com o que Jason pensava? Afinal, ele tinha beijado Becca no quarto dele. Não que eu ligasse para o fato de ele beijar outras garotas. Eu nem gostava dele desse jeito.

Além disso, eu também beijei outros garotos. Quer dizer, outro garoto.

Ainda assim. Por que *Becca*? Por que ele tinha de beijá-la? Por que ele tinha de comprá-la?

Ai, meu Deus. Aí vou eu de novo.

POR QUE EU DOU IMPORTÂNCIA PARA ISSO???? POR QUE ISSO ESTÁ ME INCOMODANDO TANTO? Eu deveria estar feliz por eles. Se, é claro, eles realmente estivessem namorando.

Se eles começassem a namorar eu ia vomitar, igual daquela vez que fomos ao Kings Island depois que saí da montanha-russa.

Não, eu não vomitaria. Eu ficaria feliz por eles. Afinal, eles são os meus melhores amigos. Eles merecem ser felizes.

O que há de ERRADO comigo? Por que não consigo parar de pensar em Jason? Eu acabei de ser beijada por MARK FINLEY. Na boca. Eu vi fogos de artifício e ouvi anjos cantando.

É só que...

E se não fossem só os hormônios? O modo como eu me sentia quando Jason e eu travávamos luta de perna? Tipo assim, por que eu não conseguia parar de espioná-lo? E se tivesse alguma coisa a mais do que simplesmente curiosidade de adolescente sobre o sexo oposto?

Não podia ser. Não PODIA ser. EU AMAVA MARK FINLEY. EU O AMAVA MESMO. EU...

Eu não o amava. Ai, meu Deus. Acho que nem *gosto* mais dele. Por que... que tipo de cara faz o que ele *fez*? Por que alguém beija uma garota enquanto namora outra? Isso não é certo. Não é legal mesmo. Na verdade, é até meio nojento. Foi totalmente falso. E o OPOSTO do modo que os garotos populares devem agir, de acordo com O Livro. Garotos populares não devem ficar olhando para outras garotas. Garotos populares devem ser sinceros e fiéis às namoradas.

Eles não deviam beijar outras garotas em público.

Eles não deviam beijar outras garotas só para conseguir que elas façam o que eles querem que façam.

Eles devem ser legais e engraçados. Eles devem ser amigos leais.

Como Jason.

Ai, meu Deus. O que estava acontecendo comigo?

IMPOPULAR: *adj.* Pessoa detestada por conhecidos, cuja companhia não é desejada por ninguém.

Trinta e um

SEXTA-FEIRA, 1º DE SETEMBRO, 23H

Eu não consegui.

Não consegui abrir a porta.

Eu queria. Queria mesmo. Ou, pelo menos, parte de mim queria.

Principalmente quando ouvi Mark dizer:

— Ei, Steph. Você está aí? Sou eu, Mark. Abra a porta, por favor. Está chovendo à beça aqui fora.

Mas, logo depois, ouvi Lauren reclamar:

— Ai, meu Deus, meu cabelo! Steph! Steph, anda logo. Estamos ficando ensopados.

Fiquei lá, sentada perto da porta. Não me levantei, nem me mexi.

Só falei:

— Ei, são vocês, gente?

— Steph? — chamou Mark batendo na porta com o punho fechado. — É você? Abra, por favor.

— Ah, isso. — Respirei fundo. — Não posso.

— Não pode fazer o quê? — perguntou Mark. — Você não consegue abrir a porta?

— Não é isso — respondi. — Eu sei abrir a porta. Mas não posso deixá-los entrar. Sinto muito. Mudei de ideia. Vocês não vão poder fazer a festa de vocês aqui.

Depois disso, todos ficaram em silêncio.

Então, Todd gritou:

— Muito engraçado, Landry! Agora abra a droga da porta porque estamos ficando encharcados!

— Acho que vocês ainda não entenderam — disse eu. — Eu não vou deixar vocês entrarem. Vocês vão ter de fazer a festa em outro lugar.

Mais silêncio.

Então, todo mundo começou a bater na porta ao mesmo tempo.

Eles tentaram forçar o trinco. Tentaram chutar (tenho certeza de que foi Lauren que fez isso). E continuaram a bater.

Mas eu não me mexi.

Nem quando Mark disse em uma voz muito rude, como eu nunca o vi usar antes:

— Steph! Anda logo, Steph. Acabou a brincadeira! Abra a porta agora.

Nem quando ouvi Lauren gritar:

— Steph Landry! Abra a droga da porta *agora*!

Fechei os olhos. *Vovô*, pensei, *esse é o meu presente de casamento para você. Não vou deixar que os meus supostos novos amigos destruam o seu observatório. Parabéns!*

Em termos de presente, acho que este foi meio imperfeito, mas era tudo que eu podia fazer, considerando as circunstâncias.

E a verdade era que eu estava fazendo um enorme sacrifício por vovô e por Kitty. Mesmo que eles não soubessem disso.

Depois de um tempo, quando eu realmente não abri a porta, eles pararam de bater. E ouvi Todd reclamar:

— Ela está nos deixando na mão. Não acredito nisso. A vadia está nos deixando na mão.

— Talvez tenha acontecido alguma coisa com ela. — Devia ser Darlene. — Steph, você está bem?

— Vou te dizer uma coisa — disse Lauren, parecendo furiosa. — Alguma coisa vai acontecer com ela na segunda-feira. Vou fazer com que ela deseje nunca ter nascido. É isso que vai acontecer.

Então, você já sabe. Agora eu tenho algo pelo que esperar.

E Mark não disse nem uma palavra para me defender. Nadinha mesmo.

Não que eu achasse que ele gostava de mim. Não foi por isso que ele me beijou. Aquele beijo — descobri agora — não tinha sido porque eu era legal ou bonita ou porque ele não conseguia resistir. Aquele beijo foi dado para que eu fizesse o que ele queria.

Que, nesse caso, era abrir a porta.

Que pena que não funcionou. Esse é o problema com fogos de artifício. Apagam muito rápido.

Eles finalmente foram embora depois que Lauren reclamou que a chuva estava estragando o cabelo dela e que Todd disse que a casa de um garoto do primeiro ano estava vazia, pois os pais passariam o fim de semana fora, então talvez eles pudessem ir para lá...

Eu me perguntei o que Lauren faria comigo na segunda-feira.

Bem, isso não importava muito. Não podia ser muito pior do que o que ela já fez.

Foi quando ouvi uma voz na escuridão — vinda de DENTRO do observatório — chamar o meu nome.

E eu gritei.

— Calma — disse Jason, saindo de trás do telescópio. — Sou eu.

— O que VOCÊ está fazendo aqui? — gritei.

— Só vim para me certificar de que você tomaria a decisão certa — respondeu Jason.

— Você quer dizer que... — Não dava para acreditar. Meu coração estava batendo tão forte que achei que fosse sair pela boca. Não sei o que me surpreendeu mais, o fato de ele ter saído da escuridão assim ou o fato de ele estar ali. — Você estava aqui o tempo todo?

Jason deu de ombros.

— Entrei antes que você saísse do trabalho.

— E ficou aí parado — eu disse, com um sentimento que só podia descrever como uma raiva assassina dele. — Sentado no escuro o tempo todo, e não disse nada?

— Isso era algo que você tinha de fazer sozinha — respondeu Jason. — Além disso, eu sabia que você ia tomar a decisão certa.

— Ah, certo! — Eu queria jogar alguma coisa nele. Queria mesmo. — E se eu não tivesse tomado?

Então Jason tirou algo que estava escondendo atrás das costas. Um taco de golfe.

— Então eu teria de usar a Big Bertha para expulsá-los daqui.

Por algum motivo, esse comentário minou toda a minha

raiva. Eu não podia ficar com raiva dele, ainda mais depois de ver aquele ridículo taco de golfe.

Acho que também minou todas as minhas forças, pois senti os joelhos fraquejarem. Apoiei-me na parede e fui escorregando até me sentar no tapete industrial que eu tinha acabado de proteger, evitando que fosse queimado com fluido de isqueiro. Cobri o rosto com as mãos.

Ouvi quando Jason sentou ao meu lado.

— Ei, anime-se, Lelé — disse ele depois de um tempo. — Você foi ótima.

— Todo aquele trabalho — reclamei, sem chorar. Eu não estava chorando. Não estava *mesmo*. Tudo bem, eu estava. — Tanto trabalho para nada.

Senti a mão de Jason batendo nas minhas costas de forma reconfortante... Bem parecido com o modo como ele fez quando eu estava vomitando todo o conteúdo do meu estômago dentro de uma lata de lixo depois que saímos da montanha-russa.

— Não foi para nada — consolou-me Jason. — Você foi a garota mais popular do colégio por uma semana. Não são muitas pessoas que podem dizer o mesmo.

— Foi uma perda total de tempo e energia — chorei, ainda sem olhar para cima.

Minha calça jeans estava fazendo um ótimo trabalho ao absorver as minhas lágrimas.

— Não foi, não — discordou Jason. — Porque isso mostrou a você que o que você achava que estava perdendo não é tão legal assim. Quer dizer, é?

— Eu não sei. Eu estava dando um duro danado para me tornar popular, e me manter assim, e nem tive a chance de curtir. — Levantei a cabeça, sem nem me importar com o fato de ele me ver chorando. — Eu nem sei se gostei ou não.

— Ei — disse Jason de forma gentil, parecendo um pouco assustado com as minhas lágrimas. — Ei. Não vale a pena chorar por causa disso. *Eles* não valem a pena.

— Eu sei — concordei, esfregando as costas das mãos nos olhos. As lágrimas pararam de escorrer. Pelo menos, a maior parte delas. O que era um alívio. Apoiei a cabeça na parede. — Meu Deus. Não consigo acreditar que eles realmente acharam que eu ia deixá-los dar uma de suas festas idiotas aqui.

— Bem, você me enganou direitinho. Eu também achei que você fosse deixá-los entrar.

— Eu não podia fazer isso com vovô — respondi. — Ou com Kitty.

— Não teria sido um presente de casamento muito bom — brincou Jason.

O que foi engraçado, pois era exatamente o que eu estava pensando.

— Não posso acreditar que fiz escova no cabelo para eles — declarei. — Por *uma semana*.

— De qualquer forma, você fica melhor com o cabelo enrolado — afirmou Jason.

Ele só estava tentando ser legal. Porque eu tinha chorado e tudo. Eu sabia disso. *Sabia* que ele só estava sendo gentil. Ele não disse isso porque gostava de mim nem nada. Tipo, ele só gostava de mim como amiga.

Mas ainda assim. Havia algo — não sei bem o quê — que me fez perguntar assim do nada:

— Jason, você está apaixonado por Becca?

Jason se empertigou como se tivesse levado um choque.

— *O quê?* — Ele piscou para mim no escuro. — De onde você tirou *essa* ideia?

— Bem — respondi, percebendo a cova que estava cavando para mim mesma. O que eu estava fazendo? *O que eu estava fazendo?* E por que diabos eu estava fazendo isso? — Você a comprou no leilão...

— Eu já *disse* por que eu fiz isso — respondeu Jason. — Eu fiz porque não queria que ela ficasse mal nem nada.

— Certo. — Acho que minha boca se desconectou do resto do meu corpo porque eu queria insistir nessa história como se fosse uma missão maluca. — Porque você a ama.

— Será que eu preciso lembrá-la do que ela fez no meu tênis?

Ele levantou o pé enorme para eu ver que o tênis ainda estava cheio de estrelinhas e unicórnios roxos.

Olhei para aquilo. Jason baixou o pé.

— Meu Deus! — reclamou ele.

Mas não adiantou nada. A minha boca continuou, apesar de o meu cérebro comandar *Fique quieta! Fique quieta! Fique quieta!*

— Se você não a ama, então por que... — *Cale a boca! Cale a boca!* — por que você a beijou no seu quarto ontem à noite?

CALE A BOCA! Ai, meu Deus! Eu sou o ser humano mais idiota da face da Terra.

Jason ficou boquiaberto.

— Como você...

— Dá para ver o seu quarto pela janela do meu banheiro — respondi, rápido. De repente, o meu cérebro resolveu assumir o comando e me ajudar. Antes tarde do que nunca. Eu acho. — Não que eu costume olhar. Sério. Não muito. Ontem à noite, eu estava lá e meio que olhei para fora e a vi, vi vocês dois. E vocês estavam se beijando.

Jason fechou a boca. Ele não estava rindo.

— Becca não te contou? — perguntou ele por fim.

— Ela não disse nada — respondi. — E eu não quis falar também porque...

— Porque você não queria que ela te chamasse de bisbilhoteira.

Ai, meu Deus. Ele estava certo. Ele estava certo. Eu teria de me confessar na segunda-feira. Eu ia contar tudo ao padre Chuck.

E não tinha problema se ele contasse para mamãe, porque Jason já sabe de tudo.

— Eu não estava bisbilhotando — defendi-me. — Não exatamente. Pete também viu vocês dois...

— Que ótimo! Então, o seu irmão sabe?

Eu estava começando a sentir um calor meio desconfortável. E eu não sabia por quê. O observatório tinha um excelente sistema de ar-condicionado.

— Sim. O Pete sabe — respondi. — Tipo, vocês dois estavam fazendo tudo bem na frente da janela. — *Fazendo tudo* era uma expressão muito pesada para usar. E não faço a menor ideia de onde saiu isso. — Se você tivesse puxado as cortinas...

— Eu ainda não coloquei cortinas — interrompeu Jason. — Mas pode apostar que vou providenciar isso. O que mais você me viu fazendo?

Abdominais sem roupa, era o que eu queria responder. Mas dessa vez a minha boca colaborou e fez o que o cérebro mandou. Então, em vez da verdade, eu disse:

— Nada. Juro.

Perdoe-me, padre, porque pequei. Já faz — quanto tempo desde a última confissão? Bem, não importa porque tem uma coisa que eu vou contar e que não contei antes e já está acontecendo há alguns meses.

Ai, deixa pra lá. Deus vai entender.

— Então, sério — eu disse para Jason, porque meu peito estava apertado demais e eu tinha de saber. Eu precisava saber. — O que está acontecendo entre você e Becca?

— Ai, meu Deus — reclamou Jason, encostando de novo na parede. — Nada, OK? Ela entendeu tudo errado, do mesmo modo que você, sobre eu comprar aquela idiotice de aulas de álbum de recortes. Ela veio até a minha casa e o meu pai a deixou entrar porque, bem, porque meu pai é assim mesmo. Eu estava na cama, lendo, e ela entrou e estava toda... Você sabe.

Olhei para o perfil dele. O nariz dele parecia maior e mais curvo do que nunca. E por algum motivo, eu queria me inclinar e beijar aquele nariz.

Acho que fiquei louca. Lauren Moffat e aqueles caras devem ter conseguido me enlouquecer de vez. Desde quando eu ia querer beijar o nariz de Jason Hollenbach?

— Não — respondi. — Eu não sei. Becca estava toda, como?

— Toda amorosa — informou Jason por fim, virando a cabeça para olhar para mim. — Cara, ela acha que eu sou o amor da vida dela. O amor da *vida dela*. A alma gêmea. E só para constar: foi *ela* que *me* beijou. Bem, eu tive de dizer que ela estava investindo na pessoa errada. E que eu não sou o cara certo para ela. Não importa o que ela ache.

Senti uma onda de alívio tão intensa que cheguei a me sentir fisicamente fraca.

Por quê? *Por que* me senti aliviada por saber que Jason não era o cara certo para Becca?

Por que saber que foi *ela* que o beijou e não o contrário fez com que eu ouvisse um coral de anjos cantando — o mesmo coral que eu queria ouvir quando Mark Finley me beijou e que agora eu sei que isso não aconteceu — dentro da minha cabeça?

— Ah — suspirei.

Era difícil escutar minha voz com toda a cantoria na minha cabeça.

— Por que você acha que eu estava me escondendo na biblioteca hoje? — perguntou Jason. — Eu estava tentando evitá-la.

— Ah — repeti.

Passarinhos amarelos estavam rodeando a minha cabeça e cantando nos meus ouvidos e ninguém nem estava me beijando. Era meio maluco, mas era verdade.

— Isso é tudo culpa do Stuckey — resmungou Jason.

— Stuckey?

— É. Ele não parava de dizer que eu tinha de comprá-la.

— *Stuckey?* — repeti. Eu tinha certeza que não estava ouvindo direito com todos esses passarinhos cantando e tudo.

— É. Ele mesmo queria comprá-la, mas não tinha dinheiro.

— Stuckey gosta de Becca?

Os anjos estavam explodindo, cantando "Aleluia!". Principalmente quando me dei conta de que Stuckey estava falando sobre álbuns de recortes durante todo o trajeto de volta da escola hoje. E também me lembrei do passeio guiado pelo Assembly Hall que ele ofereceu a Becca.

— Acho que sim — respondeu Jason. — Como é que eu vou saber?

— Bem, ele não te contou?

Jason me lançou um olhar sarcástico. Geralmente quando ele faz isso, eu lanço um olhar sarcástico de volta. Mas dessa vez eu só conseguia pensar em como eu queria beijar o nariz dele.

— Nós, homens, não conversamos sobre esse tipo de coisa — informou-me ele.

— Ah.

— Além disso — continuou Jason —, você comprou Mark Finley. Será que isso significa que está apaixonada por ele?

— É claro que não — respondi.

Não achei necessário acrescentar que Mark tinha me beijado, assim como Becca o tinha beijado. Além disso, eu preferia muito mais ter sido beijada por Jason.

— Afinal — continuei. — Você viu que eu não deixei ele entrar aqui, não viu?

— Bem, acho que você quase me enganou.

— O que você quer dizer com isso?

O coral e os passarinhos pararam de cantar de forma abrupta.

— Só que, para alguém que diz que não gosta de um cara, acho que você fez uma excelente representação de uma garota apaixonada.

Pensei sobre o que ele acabara de dizer. Era uma afirmação justa, considerando as circunstâncias. Os olhos castanhos esverdeados de Mark... A voz profunda. O modo como o traseiro dele ficava na calça jeans. Tudo isso formava uma imagem muito interessante.

Mas de repente me dei conta de que eram apenas imagens. O que eu sabia sobre Mark Finley como pessoa? Nada, exceto pelo que Jason disse... Que ele era um clone sem cérebro que só fazia o que a namorada mandava — ou qualquer um, como parecia. Ele era tão burro que nem percebeu que tinha sido Lauren que tinha escrito o bilhete para mim. Na verdade, ele acreditou quando ela disse que gostava de mim. Ele não conseguia ver como a namorada dele era a pessoa mais falsa do mundo.

E a verdade é que ele também era falso. Tipo assim, me beijar e dizer que tinha feito isso porque não tinha conseguido resistir ao meu charme? Quando ele só tinha feito isso para que eu abrisse a porta para ele.

Então, por que eu achei que gostava dele?

Eu sabia por quê. E o pensamento não era bom.

Eu gostava dele porque ele era popular.

Mas isso foi antes, disse para mim mesma. Antes de eu saber o que ser popular significava. Pelo menos na Bloomville High.

E significava "não ser você mesmo".

— Será que você nunca achou que estava apaixonado por alguém... — perguntei para Jason. — ...para depois descobrir que não estava?

— Não.

— Nunca? Nem pela Kirsten?

— Eu não estou apaixonado pela Kirsten — disse Jason olhando para os pés e não para mim.

— Fala sério! Nem um pouquinho? Você está dizendo que todos aqueles poemas eram apenas para se divertir.

— Isso mesmo — respondeu Jason, inclinando-se para a frente e esfregando o polegar em um dos unicórnios. — Olha, é melhor irmos agora. O casamento é amanhã, lembra? Temos de acordar cedo para nos arrumarmos.

Mas eu o segurei antes que ele pudesse se levantar totalmente.

— Mas, falando sério — insisti, olhando para cima. — Você está me dizendo que nunca se *apaixonou*? Por ninguém?

Jason sentou-se de novo com um suspiro.

Depois, ainda sem olhar para mim, ele disse:

— Você se lembra quando estávamos na quinta série e eu estava sempre implicando com você e você me disse que o seu avô explicou que eu só estava fazendo isso porque estava um pouco apaixonado por você?

— Se me lembro? — ri eu. — Você ficou sem falar comigo por quase um ano depois daquilo. Até o lance da Fanta Uva.

— Então. Foi porque o seu avô estava errado.

— Bem, isso ficou muito óbvio, considerando o tempo que você ficou sem falar comigo.

— Eu não estava *um pouco* apaixonado por você — afirmou Jason finalmente olhando para mim. E, pela primeira vez naquela noite, notei que os olhos dele eram do mesmo azul que a estrela Sirius, da constelação Cão Maior. — Eu estava *muito* apaixonado por você. E eu não sabia como lidar com isso. E ainda não sei.

Eu mal podia ouvi-lo porque os anjos e pássaros começaram a cantar de novo dentro da minha cabeça. Era uma mistura de *Messias* de Handel e um passeio ao parque Six Flags Wild Safari.

— Espere um pouco — mal ouvi-me dizer. — Você acabou de dizer...

E um milhão de pensamentos malucos inundou a minha mente. Eu me lembrei daquele dia na quinta série, quando eu disse o lance de ele estar um pouco apaixonado por mim e como o rosto dele tinha ficado vermelho — eu tinha pensado que era por causa da raiva. Lembrei dele me ignorando, e de como eu tinha me sentido solitária e triste durante aquele tempo — até o dia que eu derrubei o refrigerante idiota em Lauren e ela e suas amigas inventaram o lance de "Não dê uma de Steph Landry" e não sentavam comigo na cantina e debochavam de todo mundo que sentava. Então ninguém fazia isso.

Ninguém exceto Jason que colocou a bandeja bem ao lado da minha e começou a falar sobre o episódio de *Os Simpsons* que ele tinha assistido na noite anterior, como se nós nunca tivéssemos ficado sem nos falar e como se as pessoas nos corredores não o acusassem de dar uma de Steph.

Mas ele não ligava.

Lembrei das noites sentados no muro, um fazendo o outro rir até que eu achasse que tinha molhado a calcinha (de novo), debochando da galera popular e tomando sorvete. E aquelas noites na colina, deitados na grama verde, olhando para a imensidão do céu escuro, Jason me mostrando as constelações e me divertindo com a possibilidade de vida em outros planetas e nos perguntando o que faríamos se um daqueles meteoros fosse uma nave alienígena e pousasse bem ao nosso lado.

E eu pensei em quantas noites eu tinha dado boa-noite para ele, depois de termos passado o dia inteiro juntos no lago ou no cinema e entrado em casa e me sentado no banheiro escuro só para olhar para o quarto dele, como se nunca fosse suficiente o tempo que passávamos juntos.

Jason. *Jason.*

Meu Deus, eu devo ser a garota mais burra de *todo o planeta*.

— Você acabou de dizer que está apaixonado por mim? — perguntei, só para me certificar.

Porque eu estava com medo de que tudo tivesse sido um sonho e que eu fosse acordar sozinha no meu quarto.

Jason fechou a boca. Depois a abriu de novo e respondeu:

— Acho que sim.

E foi quando eu o beijei.

"Evite a popularidade se quiser ter um pouco de paz."
Abraham Lincoln

Trinta e dois

SÁBADO, 2 DE SETEMBRO

Ele me ama.

Ele me ama.

Ele me ama.

Ele disse que sempre me amou. Ele disse que todas aquelas coisas que disse antes sobre não acreditar em almas gêmeas e de como as pessoas não deviam se apaixonar no colégio era apenas uma tentativa de se convencer a não me amar tanto, porque ele achava que eu não me sentia do mesmo modo que ele. Ele disse que não sabia que, assim como ele sempre tinha me amado, eu também sempre o tinha amado.

Mesmo que eu não tivesse descoberto isso até alguns minutos atrás.

Bem, ninguém é perfeito.

Mas tudo bem. Eu o compensei pelo tempo perdido. Nós nos beijamos tanto que o meu lábio está meio rachado. Mas de um jeito bom.

Eu contei tudo a ele — e quero dizer, *tudo* mesmo: como eu achei que ele tinha voltado muito gato da Europa (ele disse que me acha gata desde a segunda série); sobre eu ficar espionando ele (ele nem ficou zangado. Na verdade, acho que ficou até envaidecido. Embora ele tenha dito que vai providenciar as cortinas amanhã mesmo); sobre como eu fiquei louca de ciúmes quando achei que ele estava apaixonado por Becca ("Becca", riu ele. "Ai, meu Deus!"); sobre como eu sentia ciúmes quando achava que ele sentia uma atração por Kirsten, e que cheguei a ponto de me sentir enjoada todas as vezes que olhava o cotovelo dela ("o *cotovelo?*", perguntou ele, incrédulo.); também contei que usei a cueca dele do Batman e como eu tinha gostado disso.

Eu deixei a parte do Livro por último. Riríamos muito com isso.

— Espere um pouco — disse Jason. — Deixe-me ver se entendi isso direito. Você encontrou um livro antigo da minha avó e achou que ele seria o seu ingresso para a popularidade?

— Bem... — respondi.

Ainda estávamos sentados no mesmo lugar em que nos beijamos pela primeira vez. Só que agora a minha cabeça estava apoiada no peito dele. Era muito bom ficar assim, era como se o peito de Jason tivesse sido feito para acomodar a minha cabeça.

— Funcionou, não funcionou? — perguntei.

Quando eu repeti para ele as orientações de alguns capítulos, ele riu tanto que minha cabeça ficou quicando no peito dele e eu tive de me sentar direito.

— Pode rir à vontade — disse eu. — Mas o livro me ensinou muitas coisas.

— Ah, tá — riu Jason. — Ensinou você a agir como uma falsa e deixar todos os seus amigos loucos da vida.

— Não — respondi. — Ele me ensinou a ser a melhor pessoa que consigo ser.

— Você já era a melhor pessoa possível — afirmou Jason me puxando para ele. — Você não precisava de um livro para ensinar isso.

— Precisava, sim — discordei, apoiando o rosto na camisa dele. — Porque se não fosse pelo livro, eu não teria tentado ser popular e se eu nunca tivesse tentado ser popular, eu nunca me daria conta do que sinto por você.

E eu nunca teria descoberto que *eu era* a garota, segundo Stuckey, por quem Jason tinha uma paixão secreta.

— Bem — suspirou Jason, me envolvendo com os braços. — Então é melhor pegarmos esse livro e mandar fazer uma estátua ou algo assim.

Ele estava brincando, mas acho que ele está certo. Devo tudo ao Livro. Mesmo que, no final das contas, não tenha ficado popular.

Mas eu consegui algo muito, mas muito melhor mesmo.

"Tudo que é popular é errado."
Oscar Wilde

Trinta e três

SÁBADO, 2 DE SETEMBRO, 9H

Acordei com alguém gritando o meu nome.

Quando levantei a cabeça, eu não fazia ideia de onde me encontrava. E nem por que o meu pescoço estava tão dolorido.

Então eu me virei e vi Jason dormindo ao meu lado.

E me levantei tão rápido que meu pescoço — dolorido de dormir sobre o tapete do observatório — chegou a estalar.

— Jason — chamei, cutucando o braço dele. — Jason. Acorde. Acho que estamos encrencados.

Porque ficamos conversando — e nos beijando — até tão tarde que acabamos dormindo. No observatório. No chão do deque de observação, bem embaixo da rotunda.

Eu estava ferrada. Muito ferrada. Mesmo que não tivéssemos feito nada demais. Além de nos beijar.

Mas quem iria acreditar nisso?

Meu avô, na verdade. Quando ele entrou e olhou para nós, ele gritou sobre o ombro:

— Tudo bem, Margaret. Eles estão aqui.

Quando percebemos o que estava acontecendo, meu avô e minha mãe estavam em pé na nossa frente gritando os dois ao mesmo tempo.

— Como você *pôde?* — berrou mamãe. — Você tem ideia de como fiquei preocupada? Por que você não ligou? E Jason, seu pai ligou para todos os hospitais de Indiana. Ele achou que tinha acontecido algum acidente com você!

— Vocês realmente deviam ter telefonado — concordou vovô. — Mas o que vocês dois estão fazendo aqui?

— Acho que é bastante óbvio o que eles estavam fazendo aqui, papai — respondeu mamãe com voz amarga.

O que foi muito injusto, porque ambos estávamos totalmente vestidos.

— Nós só caímos no sono — afirmou Jason. — Sério. Estávamos conversando e...

— Mas por que vocês não ligaram? — quis saber mamãe. — Vocês têm ideia de como enlouquecemos de preocupação com vocês?

— A gente esqueceu — respondi, sentindo uma culpa horrenda.

Não dá para acreditar que não pensei em ligar.

Mas não dava para falar *"Estávamos ocupados demais nos beijando para pensar em ligar para casa, mãe".*

— Muito bem, mocinha, você está de castigo — declarou mamãe, me puxando para que eu ficasse em pé com uma força surpreendente para uma mulher no final da gravidez. — Talvez isso te ensine a não *esquecer* de ligar.

— Os seus pais vão ficar muito decepcionados com você, filho — foi o que vovô disse para Jason, que nunca foi punido por nada. Os pais dele só ficavam decepcionados com ele. — Sua avó ficou acordada a noite inteira e hoje é o casamento dela!

O casamento de vovô e Kitty! Eu tinha esquecido totalmente!

— Oh, vovô — disse eu. — Me desculpe. Nós só esquecemos de olhar a hora.

— Mas o que vocês estavam fazendo aqui? — quis saber mamãe.

Respirei fundo, preparada para confessar tudo. Bem, não a parte de passar a noite beijando Jason, nem nada. Mas a parte sobre Mark Finley e a festa. Porque, já que eu tinha contado tudo para Jason, acho que tinha de contar para todo mundo também.

Mas antes que eu tivesse a chance de falar, Jason deu um passo para a frente e disse:

— Estávamos apenas olhando as estrelas e acho que acabamos adormecendo.

— Estrelas? — Minha mãe parecia totalmente confusa, mas depois se deu conta de onde nós estávamos. — Ah, tá.

— Viu, Margaret? — perguntou vovô. — Eu disse que eles estavam bem. Eles só estavam olhando as estrelas. E adormeceram. Nada de mais.

E depois, para minha surpresa, vovô colocou o braço em volta dos ombros de mamãe.

E o mais surpreendente foi que ela *deixou*.

— Disse que esse observatório era uma boa ideia — continuou vovô. — Pois dá aos garotos dessa cidade algo para fazer em vez de se meterem em encrencas.

Jason e eu trocamos olhares. Vovô não fazia ideia de como o observatório chegara perto de colocar muitos garotos da cidade em encrenca.

Minha mãe ergueu a cabeça e colocou os dedos trêmulos na testa.

— Meu Deus! Eu queria uma bebida.

— Bem, talvez na festa do casamento alguém lhe ofereça uma taça de champanhe — disse vovô, apertando os ombros de mamãe.

Isso foi ainda mais chocante do que o fato de ela estar permitindo que ele a abraçasse. Será que mamãe iria ao casamento? Quando *isso* aconteceu?

— Oh, papai — respondeu mamãe, lançando-lhe um olhar irritado.

Mas por trás da irritação, eu vi um brilho, só um brilho, de carinho.

Um segundo depois, o carinho tinha sumido, e ela estava olhando para mim com raiva.

— Bem, vamos logo, mocinha — chamou ela. — Entre no carro. Vou levá-la para casa.

— Tá — obedeci, lançando um olhar perplexo para vovô.

O que estava acontecendo? Como ele tinha conseguido ficar bem com a mamãe de novo?

Vovô notou o meu olhar. Sei que notou.

Mas ele só piscou e colocou o braço em torno dos ombros de Jason.

— Já dirigiu um Rolls-Royce antes?

*"Evite a popularidade;
ela tem muitas armadilhas,
e nenhum benefício de verdade."*
William Penn

Trinta e quatro

SÁBADO, 2 DE SETEMBRO, 18H

O casamento foi lindo. A chuva refrescou as coisas, então foi bem agradável ficar do lado de fora para variar. O sol brilhava em um céu azul (da mesma cor dos olhos de Jason e de Kitty) e sem nuvens, como aqueles dias gloriosos que marcam o final do verão e o início do outono, perfeitos para colher maçãs ou andar de barco no lago.

Ou casar na beira de um lago.

A noiva certamente não parecia alguém que tinha ficado acordada a noite inteira, preocupada com o paradeiro do neto. Ela brilhava em um vestido de noite marfim bordado, parecendo elegante e relaxada ao mesmo tempo. Vovô, ao vê-la vestida de noiva, ficou com os olhos cheios de lágrimas.

Ele me disse que entrou um cisco no olho dele bem na hora, mas eu sei a verdade.

Assim como ele sabe a verdade sobre o que eu e Jason estávamos fazendo no observatório. Bem, não a parte da festa nem nada. Mas a parte de não estar olhando para as estrelas.

Mas tudo bem. Está tudo ótimo. Mamãe e papai — para surpresa de todos, menos de vovô — foram ao casamento, com Sara no colo. Kitty ficou tão feliz de vê-los que começou a chorar. E quando minha mãe viu que Kitty estava chorando, começou a chorar também. Então as duas se abraçaram, o que fez Sara chorar porque ninguém estava lhe dando atenção.

Nesse meio-tempo, Robbie não perdeu as alianças e Jason estava lindo de morrer de smoking. Achei até que *eu* fosse começar a chorar. Embora isso talvez seja devido ao pouco tempo que dormimos.

Eu até evitei ficar falando com Becca sobre o cara pelo qual ela tinha uma paixonite ter se tornado o amor da MINHA vida em vez da dela. Isso porque Becca estava muito ocupada com o novo amor da vida dela que estava bem ao seu lado. Os Stuckey e os Taylor não tinham sido colocados na mesma mesa, mas Becca fez um servicinho antes da recepção, trocando os cartões de lugar, pois, quando entramos no salão do jantar, lá estavam John e ela beijando-se sobre o prato de salada.

Caminhei até eles e disse:

— Com licença, Becca. Será que posso dar uma palavrinha com você?

Ela me seguiu com o rosto corado até a fonte de champanhe.

— Não é o que você está pensando — respondeu ela logo de cara.

— Como você sabe o que estou pensando? — perguntei.

Porque, na verdade, eu estava pensando em como iria contar a ela sobre Jason e eu.

— Eu não estou atirando para todos os lados — informou Becca. — O que eu sinto por John é totalmente diferente do que eu sentia por Jason. E não é só porque John gosta de mim também. É isso, Steph. Isso é real.

— Eu não ia acusá-la de estar atirando para todos os lados — defendi-me. — Eu só ia dizer que estou feliz por você.

— Oh. — Então Becca sorriu para mim. — Bem, obrigada. Eu só gostaria que você encontrasse o amor da sua vida também. Ei, eu sei que você vai achar maluquice minha, mas será que você já pensou em chamar Jason para sair?

Eu só fiquei olhando para ela.

— É sério — continuou Becca. — Porque eu acho que ele gosta de você. Na outra noite (bem, eu não te contei isso porque é meio embaraçoso), quando ele me comprou no leilão, eu fui à casa dele e meio que disse que gostava dele. Não ria.

— Não estou rindo.

— Obrigada. De qualquer forma, isso foi antes de eu descobrir que eu realmente amava o Stuckey. Então, Jason disse que sentia muito, mas que não sentia o mesmo por mim. E eu perguntei se era por causa daquele lance de que ele não acreditava em almas gêmeas nem nada e ele confessou que aquilo era mentira, ele me disse que já tinha encontrado a sua alma gêmea, mas que ele achava que ela não gostava dele, porque ela estava apaixonada por um cara popular... e, bem, pode dizer que eu sou maluca e tudo, mas eu não consegui parar de pensar que a garota de quem Jason gosta é você.

— Uau! — exclamei.

E mesmo que eu já soubesse que Becca estava certa, dava um friozinho gostoso na barriga ouvir tudo de novo. Então eu só disse:

— Obrigada por me contar isso. Eu vou pensar sobre chamar Jason para sair.

— Faça isso sim — disse Becca. — Porque eu perguntei ao John o que ele achava disso e ele disse que era possível que a pessoa que Jason ama em segredo seja você. E se for, então poderíamos sair juntos. Eu e John e você e Jason! Seria demais, né?

Eu respondi que não podia imaginar nada mais divertido.

Depois de todos os brindes, a noiva e o noivo dançaram pela primeira vez, ao som de "I've Got a Crush on You", a música que vovô mais gostava de Frank Sinatra. Depois eles dançaram com os filhos e finalmente com os netos. Foi então que eu tive a chance de perguntar a vovô o que ele tinha feito para mamãe perdoá-lo pelo lance da Super Sav-Mart e fazê-la vir ao casamento.

— Bem — começou ele, enquanto rodopiávamos pelo salão ao som de "Embraceable You". — Sinto muito, mas tenho de confessar que tirei vantagem de uma mulher em um estado vulnerável, grávida de oito meses e morta de preocupação quanto ao paradeiro da filha mais velha e convencida de que está com um problema financeiro grave e bati o pé. Eu disse que tinha comprado a Hoosier Sweet Shoppe e que vou abrir um café ali e derrubar a parede que divide as duas lojas e ela podia deixar para lá e gostar disso ou aprender a aturar. O seu pai fez um excelente trabalho para convencê-la a gostar da situação.

— Vovô — disse eu sorrindo para ele. — Isso é ótimo!

— Nós ainda temos muita coisa para acertar — afirmou vovô, olhando na direção de mamãe e Kitty, que ainda estavam conversando. — Mas já é um bom começo.

— Com o novo café e a propaganda com Mark Finley sendo distribuída, aposto que a nossa loja vai acabar vendendo mais do que a Super Sav-Mart.

— Esse é o plano — concordou vovô. — Agora, por que você não me conta o que você e Jason estavam fazendo no observatório ontem à noite? E não me diga que vocês estavam olhando as estrelas, mocinha. Sua mãe pareceu não se lembrar, mas eu me lembro muito bem que ontem à noite estava chovendo muito. Não daria para ver nada pelo telescópio, nem que vocês quisessem.

Xiii.

Então eu contei para vovô. Não sobre a festa da turma. Mas sobre Jason e eu. Eu sabia que as pessoas iam acabar descobrindo tudo mais cedo ou mais tarde. Principalmente porque Jason já tinha me convidado para a próxima dança e nenhum de nós dançava muito bem então ia ser meio óbvio que nós só íamos ficar ali para ficarmos juntos.

Vovô ouviu tudo com as sobrancelhas erguidas. Ele gosta de Jason, então eu não fiquei com medo que ele desaprovasse o namoro nem nada. Mas eu queria que ele ficasse feliz por mim. Tão feliz por mim quanto eu estava por ele.

— Tudo bem — foi tudo o que ele disse quando acabei de contar a história. — E o que ele planeja estudar na faculdade?

— Sei lá, vovô — eu ri. — Ainda falta muito para irmos para a faculdade.

— Só tenha certeza de que seja astronomia — pediu vovô.

— Eu não quero ter gasto todo esse dinheiro para construir o observatório à toa.

Prometi a vovô que eu ia fazer o possível.

Então, mais tarde quando fui ao banheiro das mulheres, encontrei Kitty. Ela estava retocando o delineador, que tinha ficado um pouco borrado por ter chorado com mamãe e tudo. Eu sabia que ela já sabia sobre Jason e eu, e assim que ela viu o meu reflexo no espelho se virou para pegar a minha mão.

— Stephanie — disse ela animada. — Estou tão feliz por vocês. Eu sempre me perguntei se... Mas achei que vocês eram amigos há muito tempo para que isso desse certo.

— Ah, mas está dando certo — assegurei a ela. E então porque agora ela era minha nova avó e tudo (bem, "vódrasta"), achei que podia acrescentar: — E você sabe que tudo isso aconteceu por causa do seu livro.

— Meu livro? — perguntou Kitty sem entender.

— Você sabe, aquele livro que você me deu — tentei fazê-la lembrar. — O livro que estava na caixa no seu sótão quando o limpamos para transformá-lo no quarto de Jason. O livro sobre como se tornar popular? Eu, hã, meio que segui alguns conselhos. Achei que, como ele tinha funcionado para você, talvez funcionasse para mim também. As coisas não saíram bem como planejei, mas eu estou feliz. E devo tudo a você. Bem, ao seu livro.

— Um livro sobre como se tornar popular? — Kitty parecia perplexa por um momento. Depois seu rosto se iluminou. — Ai, meu Deus, aquela coisa velha? Alguém me deu de presente, como uma brincadeira. Eu nunca *li* aquele livro.

Eu não soube o que responder. Então eu disse a única coisa que me veio na cabeça:

— Oh.

— Bem — disse Kitty ajeitando um véu curto e chique. — Como estou?

— Linda — respondi de forma sincera.

— Obrigada, querida —Kitty agradeceu. — Eu estava pensando o mesmo de vocês. Bem, tenho de voltar agora. A sua mãe e eu estamos finalmente começando a nos conhecer e eu não quero deixá-la esperando.

Ela passou a mão pelo meu rosto antes de passar por mim, com um grande sorriso.

Jason estava me esperando quando voltei para a pista de dança.

— Aqui está meio chato — reclamou Jason. — Eu adoraria tomar um café. E você?

— Ótima ideia — respondi. — Mas eu estou de castigo, lembra?

— Acho que sua mãe não vai se lembrar.

Eu olhei na direção que ele estava apontando. Mamãe e Kitty estavam conversando animadamente, enquanto papai estava sentado segurando Sara, que já adormecera, no colo, parecendo entediado.

E quando eu fui até elas, comecei:

— Hã, tudo bem se eu sair com Jason para tomarmos um café? Juro que vou direto para casa depois.

Mamãe só disse:

— Ligue se você for chegar depois das dez.

E voltou a conversar com Kitty.

Uau! Nada como um casamento para animar o espírito de todo mundo.

"Popularidade é a coisa mais fácil de se conseguir no mundo e a coisa mais difícil de manter."
Will Rogers

# Trinta e cinco

SÁBADO, 2 DE SETEMBRO, 23H

Eu meio que tinha esquecido todo o lance da festa da turma quando Jason e eu estávamos nos aprontando para irmos ao Coffee Pot. Eu estava me sentindo muito bem e feliz porque estávamos tão apaixonados e tudo e demos de cara com Lauren Moffat e Mark Finley, que estavam indo ao ATM.

Alyssa Krueger estava com eles. Assim como Sean de Marco, Todd Rubbin e Darlene Staggs.

A gangue toda junta.

Só que ninguém parecia muito feliz com isso. Pelo menos não de me verem.

— Olha só quem está aqui — disse Lauren sarcástica. — Se não é Steph Landry, a maior *destruidora* de festas do mundo.

E toda a felicidade que eu estava sentindo durante o dia porque Jason me amava meio que diminuiu. Mas só um pouco.

Esse era o efeito que uma pessoa deprimente como Lauren Moffat tinha sobre uma garota. Mesmo uma garota que acabou de descobrir o amor.

— Fala sério, Lauren — disse Jason. — Deixe ela em paz. Vocês teriam destruído o observatório e você sabe muito bem disso.

— Hã, será que eu falei com você, Narigão? — perguntou Lauren.

E foi como se algo tivesse arrebentado dentro de mim. Assim, de repente. Eu me senti transportada de volta para a época do ginásio na primeira vez que ouvi Lauren dizer "Não dê uma de Steph".

Só que em vez de uma garotinha indefesa de 12 anos que simplesmente ficou parada e aceitou tudo, Lauren ia ter de encarar uma garota independente de 16 anos que não tinha tempo para ela nem para os seus joguinhos.

— Quer saber do que mais, Lauren? — perguntei dando um passo na direção dela.

E eu acho que ela sentiu que alguma coisa tinha explodido dentro de mim, porque ela deu um passo para trás, como se achasse que eu ia bater nela ou algo assim. Como se ela valesse o processo que ela faria o pai dela abrir contra mim.

— Estou cansada de você — continuei, olhando direto para ela. — Você e essa m. de falsidade. — Só que eu disse o palavrão mesmo e não só a inicial. — Eu cometi *um* erro. Eu derramei refrigerante em você e me desculpei muito. E comprei uma saia nova para você e ainda assim você *continuou* me jogando isso na cara. Por CINCO anos. Não satisfeita com isso, você fez com que todos fizessem isso também. E agora você quer fazer tudo de novo? Tudo bem. Mas eu vou logo avisando que dessa vez é melhor você vir com tudo. Porque existem muito mais Steph Landrys no mundo, pessoas que pagaram um mico em público, pessoas que não têm cada fio de cabelo perfeitamente arrumado o tempo todo, pessoas que não têm pais ricos que comprem um carro novo para elas todo ano, do que rainhas idiotas da beleza como você. E se você não aprender a conviver conosco, você vai acabar tendo uma existência muito, mas muito solitária mesmo.

Eu estava olhando bem nos olhos de Lauren. E então eu vi, só por um instante. Mas definitivamente eu vi.

Um brilho de medo.

Então ela jogou o cabelo louro para trás e disse:

— Meu Deus, sai do meu pé, sua bruxa. Se eu sou uma pessoa tão ruim assim, por que será que tenho tantos amigos, enquanto você... — Ela olhou Jason de cima a baixo. — ... só anda com *esse aí*?

Tudo bem. Agora eu ia quebrar a cara dela. Ela não podia falar assim de Jason.

Mas antes que eu pulasse no pescoço dela, Darlene ficou entre nós e disse:

— Na verdade, Steph, estou tão feliz de ter encontrado você. Tem um novo filme da Brittany Murphy na cidade e eu queria convidá-la para ir comigo amanhã.

Eu olhei para Darlene. Lauren também olhou. Assim como Alyssa, Mark, Sean e Todd. Mas Todd sempre olhava para Darlene, então não conta.

— Hã — respondi, sem entender bem o que estava acontecendo. — Tá. Claro. Eu adoraria.

— Darlene — chamou Lauren com voz gelada. — O que você está *fazendo*?

— Estou combinando de ir ao cinema com uma amiga — respondeu Darlene. Não havia nada de bobo na sua voz. — Você se importa?

Os olhos muito maquiados de Lauren se estreitaram.

Mas antes que Lauren pudesse dizer qualquer coisa, Alyssa se afastou dela e veio em minha direção.

— Ei, gente — disse ela. — Será que posso ir também?

Darlene olhou para mim e eu olhei para ela.

E eu percebi que isso não tinha nada a ver com ir ao cinema. Bem, tinha, mas meio que não tinha ao mesmo tempo.

— Claro — respondi para Alyssa. — Você pode vir conosco. — E então, lembrando do conselho do livro, acrescentei: — Quanto mais gente melhor.

— Ótimo — agradeceu Alyssa.

E sorriu para mim e foi o primeiro sorriso que vi no rosto dela depois de dias.

— Tudo bem — interrompeu Lauren, parecendo impaciente. — O que está acontecendo aqui? Vocês cheiraram cola ou algo assim?

Darlene a ignorou.

— O que vocês vão fazer agora? — perguntou Darlene para mim e Jason.

— Hã — disse Jason, apontando para a porta do Coffee Pot. — Nós íamos tomar um café.

— Humm! — disse Darlene. — Um café cairia bem agora. O que você acha, Alyssa?

— Eu adoro café — concordou Alyssa. — Vocês se importam se formos com vocês?

Jason olhou para mim com a sobrancelha levantada. Eu dei de ombros.

— Hã! — disse Jason. — Acho que tudo bem.

— Ótimo! — exclamou Alyssa.

Ela abriu a porta do Coffee Pot, um lugar em que ela certamente nunca colocara os pés antes, e entrou. Darlene seguiu logo atrás.

Mas Darlene virou-se e olhou para Sean e Todd.
— Vocês vêm ou não?
Todd olhou de Darlene para Mark repetidas vezes. Deu de ombros e disse para Mark:
— Sinto muito, cara.
Então Sean e Todd seguiram Darlene.
Jason e eu nos olhamos. Então ele abriu a porta para mim e disse:
— Primeiro as damas.
Eu entrei. Darlene, Alyssa, Sean e Todd escolheram uma mesa perto da janela. Eles acenaram pra gente como se fosse difícil encontrá-los. Mas eles eram as únicas pessoas lá dentro, além de Kirsten, que foi perguntando:
— Oh, olá! O de sempre?
— O de sempre — respondeu Jason, para depois acrescentar: — E nós estamos com eles.
Jason apontou para a mesa que Darlene tinha escolhido. Kirsten ergueu a sobrancelha parecendo impressionada.
— Novos amigos? E vocês tentaram me convencer que não eram populares.
Então ela foi até a mesa anotar o pedido deles. Assim. Como se tivéssemos apenas tentado ser modestos quando dissemos que não éramos populares.
E foi quando eu disse para Jason:
— Espere um pouco.
E corri lá para fora de novo.
— Ei — chamei Lauren e Mark, que estavam se afastando lentamente.
Lauren se virou e eu vi algo que nunca esperei ver na minha vida.
Ela estava chorando.

— *O quê?* — perguntou ela.

— Eu só... — Engoli em seco. — Eu só queria saber se vocês querem vir também.

— Será que você é completamente retard...

Mas antes que Lauren terminasse, Mark pôs o braço sobre os ombros dela e respondeu:

— Obrigado, Steph. Nós adoraríamos.

— Mas... — soluçou Lauren.

Mas acho que Mark a apertou bem, porque ela disse:

— Tanto faz.

E eles me seguiram até o café.

O que serve para mostrar que, não importa o que os outros digam, sabe o conselho do Livro?

Funciona mesmo.

Trinta e seis

DOMINGO, 3 DE SETEMBRO, 00H

Mais tarde naquele dia, fui ao banheiro e olhei pela janela só pela força do hábito. Eu NÃO estava espionando para ver o que ele estava fazendo.

Ele tinha tampado a janela com faixas gigantescas de papel pardo.

Mas tudo bem. Porque ele tinha escrito nelas com estrelinhas que brilham no escuro a seguinte frase:

Boa-noite, Lelé.

Este livro foi composto na tipologia Classical
Garamond, em corpo 11/15, e impresso em papel
off-white no Sistema Digital Instant Duplex
da Divisão Gráfica da Distribuidora Record.